Conan Doyle

# Das Zeichen der Vier

–

Sherlock Holmes
Werkausgabe in neun Einzelbänden
nach den Erstausgaben neu und getreu
übersetzt

–

ROMANE
BAND II

SIR ARTHUR CONAN DOYLE

# Das Zeichen der Vier

NEU ÜBERSETZT VON

LESLIE GIGER

HAFFMANS VERLAG

Titel der Originalausgabe:
»The Sign of the Four«,
Lippincott's Magazine, Februar 1890,
Buchausgabe: London 1890

Umschlagzeichnung von
Peter Neugebauer


Satz aus der Baskerville von Mühlberger, Gersthofen
Druck und Bindung: Ebner Ulm
ISBN 3 251 20101 8

Inhalt

# 1. DIE WISSENSCHAFT DER DEDUKTION

Sherlock Holmes langte die Flasche von der Ecke des Kaminsimses herunter und nahm seine Spritze aus dem fein gearbeiteten Saffian-Etui. Mit seinen langen, weißen, nervösen Fingern setzte er die feine Nadel auf und rollte sich die linke Manschette hoch. Eine Zeitlang verweilte sein Blick nachdenklich auf dem sehnigen Unterarm und dem Handgelenk, die von den Flecken und Narben unzähliger Einstiche gesprenkelt waren. Endlich stieß er die dünne Nadelspitze hinein, drückte den kleinen Kolben durch und ließ sich dann mit einem langen Seufzer der Befriedigung in die Samtpolster seines Lehnstuhls zurücksinken.

Dreimal täglich, viele Monate lang war ich Zeuge dieses Schauspiels gewesen, aber seine Regelmäßigkeit hatte nicht dazu geführt, daß ich mich damit abgefunden hätte. Ganz im Gegenteil; von Tag zu Tag fiel es mir schwerer, diesen Anblick zu ertragen, und des Nachts regte sich mein Gewissen bei dem Gedanken, daß ich nicht die Courage gehabt hatte, meine Mißbilligung auszudrücken. Wieder und wieder hatte ich geschworen, mir die Sache vom Herzen zu reden; aber etwas in der kühlen, nonchalanten Art meines Gefährten bewirkte, daß er der letzte war, bei dem man sich auch nur annähernd so etwas wie Freiheiten herausgenommen hätte. Seine großen Fähigkeiten, sein überlegenes Auftreten und die vielen Male, da ich selbst dabeigewesen war, wenn er seine außergewöhnlichen Eigenschaften unter Beweis stellte, all dies schüchterte mich ein und ließ mich davor zurückschrecken, ihm entgegenzutreten.

An diesem Nachmittag jedoch – ich weiß nicht, war es der Beaune, den ich zum Mittagessen getrunken hatte, oder daß meine Verbitterung durch die Planmäßigkeit seines Vorgehens noch gesteigert worden war – an diesem Nachmittag jedenfalls fand ich, ich könne nicht länger an mich halten.

»Was ist es denn heute«, fragte ich ihn, »Morphium oder Kokain?«

Träge hob er seinen Blick von dem alten Folianten, der aufgeschlagen vor ihm lag.

»Kokain«, sagte er, »eine siebenprozentige Lösung. Möchten Sie mal versuchen?«

»Nein, beileibe nicht«, antwortete ich schroff. »Meine Konstitution ist vom Afghanistan-Feldzug noch immer geschwächt. Ich kann es mir nicht leisten, sie noch zusätzlich zu belasten.«

Er lächelte ob meiner Heftigkeit. »Vielleicht haben Sie recht, Watson«, versetzte er. »Wahrscheinlich ist seine Wirkung auf den Körper tatsächlich von Übel. Auf den Geist jedoch, finde ich, wirkt es so über alle Maßen anregend und erhellend, daß die Nebenwirkungen kaum ins Gewicht fallen.«

»Aber bedenken Sie doch«, sagte ich eindringlich, »um welchen Preis! Ihr Gehirn mag wohl, wie Sie sagen, angeregt, ja erregt werden; aber dies ist ein krankhafter und zerstörerischer Vorgang, mit dem eine beschleunigte Gewebe-Erneuerung einhergeht und dessen Folge eine bleibende Schwächung ist. Sie wissen ja selbst am besten, welch schwarze Stimmung jeweils im nachhinein von Ihnen Besitz ergreift. Nein, dieses Spiel lohnt den Einsatz wirklich nicht. Warum in aller Welt riskieren Sie um einer nichtigen, vergänglichen Lust willen die großen Fähigkeiten, die Ihnen verliehen worden sind? Bedenken Sie auch, daß ich nicht nur als Freund so zu Ihnen spreche, sondern als Arzt, der bis zu einem gewissen Grade für Ihre Gesundheit verantwortlich ist.«

Er schien nicht beleidigt zu sein. Ganz im Gegenteil; er legte die Fingerspitzen aneinander und stützte die Ellbogen auf die Armlehnen seines Sessels wie jemand, der große Lust zu einem Gespräch verspürt.

»Mein Geist«, begann er, »rebelliert gegen den Stillstand. Man gebe mir Probleme zu lösen, man gebe mir Arbeit, man gebe mir die verworrenste Geheimschrift, die vertrackteste

Analyse – da bin ich ganz in meinem Element. Dann kann ich ohne Stimulantien auskommen. Der dumpfe Trott des Daseins jedoch erfüllt mich mit Abscheu. Ich verzehre mich nach geistigen Höhenflügen. Eben darum habe ich auch meinen eigenen speziellen Beruf gewählt – oder vielmehr geschaffen –, denn ich bin der einzige meines Zeichens auf der ganzen Welt.«

»Der einzige nicht beamtete Detektiv?« fragte ich und zog dabei die Augenbrauen hoch.

»Der einzige nicht beamtete Beratende Detektiv«, antwortete er. »Ich bin das letzte und oberste Appellationsgericht in Fragen der Kriminalistik. Wenn Gregson oder Lestrade oder Athelney Jones am Ende ihrer Weisheit sind – was bei ihnen übrigens der Normalfall ist –, dann wird die Sache mir unterbreitet. Ich begutachte das vorliegende Material als Experte und gebe ein fachmännisches Urteil ab. Ich erhebe in solchen Fällen keinen Anspruch auf öffentliche Anerkennung. Mein Name taucht in keiner Zeitung auf. Die Arbeit selbst, das Vergnügen, ein Betätigungsfeld für die mir eigenen Fähigkeiten gefunden zu haben, ist mir der höchste Lohn. Aber anläßlich des Jefferson-Hope-Falles haben Sie ja selbst einen gewissen Einblick in meine Arbeitsmethoden gewinnen können.«

»Ja, wahrhaftig«, sagte ich bewegt, »noch nie in meinem ganzen Leben hat mich etwas so beeindruckt wie dies. Ich habe es sogar zur Darstellung gebracht in einer kleinen Schrift mit dem etwas ausgefallenen Titel ›Eine Studie in Scharlachrot‹.«

Er schüttelte betrübt den Kopf.

»Ich habe sie überflogen«, sagte er. »Offen gesagt, ich kann Sie dazu nicht beglückwünschen. Die Arbeit des Detektivs ist – oder sie sollte dies zumindest sein – eine exakte Wissenschaft und bedürfte daher einer ihr angemessenen kühlen und nüchternen Darstellung. Sie haben es unternommen, sie romantisch zu verbrämen, was eine ganz ähnliche Wirkung hat, wie wenn man eine Liebes- und Entführungsgeschichte in den fünften Satz des Euklid einbaute.«

»Aber es ging doch um Abenteuerliches und Romantisches«, wandte ich ein. »Ich konnte doch nicht die Tatsachen verfälschen!«

»Bei gewissen Tatsachen wäre es besser, sie würden verschwiegen; und wenn sie schon zur Sprache kommen müssen, so sollte man wenigstens ein Gespür für die Verhältnismäßigkeit walten lassen. Das einzig wirklich Erwähnenswerte an diesem Fall war der eigentümliche analytische Gedankengang, der mich von den Wirkungen zu den Ursachen zurückführte und dank dem es mir gelang, den Fall zu lösen.«

Ich war verstimmt ob dieser Kritik an einem Werk, das eigens deswegen verfaßt worden war, Holmes zu gefallen. Auch muß ich gestehen, daß mich seine Geltungssucht ärgerte, die zu fordern schien, daß jede Zeile meiner Schrift ausschließlich seinem eigenen speziellen Vorgehen gewidmet sein sollte. In all den Jahren, die ich mit ihm in der Baker Street gewohnt hatte, war mir schon mehr als einmal aufgefallen, daß sich hinter der gemessenen und belehrenden Art meines Freundes eine gewisse Eitelkeit verbarg. Ich ließ mir jedoch nichts anmerken, sondern saß schweigend da und pflegte mein verwundetes Bein. Es hatte vor geraumer Zeit eine Jezail-Kugel abbekommen, und wenn mich dies auch nicht am Gehen hinderte, so litt ich doch bei jedem Wetterumschlag unter zermürbenden Schmerzen.

»Mein Wirkungsfeld hat sich vor kurzem auf den Kontinent ausgedehnt«, hob Holmes nach einer Weile wieder an, während er seine Bruyère-Pfeife stopfte. »Letzte Woche wurde ich von François le Villard konsultiert, der, wie Sie wahrscheinlich wissen, seit einiger Zeit zu den besten Leuten der französischen Kriminalpolizei gehört. Er hat durchaus das keltische Talent des raschen, intuitiven Erfassens; was ihm mangelt, ist jedoch ein breites Spektrum an exaktem Wissen, die Voraussetzung für jede Weiterentwicklung seiner Kunst. Der Fall, den er mir vorlegte, hatte mit einem Testament zu tun und enthielt einige Details von Interesse. Ich konnte auf zwei Parallelfälle verweisen, einen in Riga 1857 und einen in St. Louis

1871, was ihn dann auf die richtige Spur brachte. Hier ist der Brief, den ich heute früh erhalten habe und in dem er mir seinen Dank für meine Hilfe ausspricht.«

Mit diesen Worten warf er mir ein zerknittertes Blatt fremdländischen Briefpapiers hin. Beim Überfliegen fiel mir eine Fülle von Ausdrücken der Bewunderung auf; *magnifique, coup-de-maître* und *tour-de-force* zeugten von der glühenden Bewunderung des Franzosen.

»Er spricht wie ein Schüler zu seinem Lehrer«, bemerkte ich.

»Ach, er schätzt meine Hilfe zu hoch ein«, sagte Sherlock Holmes wegwerfend. »Er hat selbst ganz beachtliche Fähigkeiten. Er besitzt zwei der drei Eigenschaften, die den idealen Detektiv ausmachen; die Fähigkeit der Beobachtung und die der Deduktion. Das einzige, was ihm noch fehlt, ist Wissen, und das kann mit der Zeit erworben werden. Im Augenblick übersetzt er gerade meine bescheidenen Schriften ins Französische.«

»Ihre Schriften?«

»Oh, wußten Sie das nicht?« rief er lachend. »Ja, ich habe mehrere Monographien verbrochen, alle über technische Probleme. Dies hier zum Beispiel ist eine Abhandlung ›Über die Unterscheidung der Ascherückstände verschiedener Tabaksorten‹. Darin werden einhundertundvierzig verschiedene Arten von Zigarren-, Zigaretten- und Pfeifentabak aufgeführt, mit Farbtafeln, welche die unterschiedliche Aschenbildung anschaulich machen. Das ist eine Sache, die in Strafprozessen immer wieder zur Sprache kommt und die oft Hinweise von größter Wichtigkeit zu geben vermag. Wenn sich beispielsweise eindeutig feststellen läßt, daß ein Mord von jemandem verübt wurde, der eine indische Lunkah-Zigarre rauchte, so grenzt das natürlich das Untersuchungsfeld ein. Für das geübte Auge besteht zwischen der schwarzen Asche einer indischen Trichinopoly-Zigarre und der hellen, flockigen Asche des englischen Bird's-Eye-Tabaks ein ebenso großer Unterschied wie zwischen einem Kohlkopf und einer Kartoffel.«

»Sie haben einen genialen Sinn für Details«, sagte ich.

»Ich messe ihnen die gebührende Bedeutung zu. Hier ist meine Abhandlung über das Lesen von Fußspuren, mit einigen Anmerkungen über die Verwendung von Gips zur Konservierung von Abdrücken. Auch dies hier ist ein interessantes kleines Werk; es behandelt den Einfluß des Berufsstandes auf die Form der Hand und enthält Abbildungen der Hände von Dachdeckern, Seeleuten, Korkschneidern, Schriftsetzern, Webern und Diamantschleifern. Es handelt sich hier um ein Gebiet, das für den wissenschaftlichen Detektiv von großem praktischem Nutzen ist – besonders etwa, wenn es darum geht, eine Leiche zu identifizieren oder das Vorleben eines Kriminellen zu rekonstruieren. Aber ich langweile Sie gewiß mit meinem Hobby.«

»Keineswegs«, widersprach ich mit Nachdruck. »Es interessiert mich brennend, um so mehr, als ich schon die Gelegenheit hatte, Sie derlei in der Praxis anwenden zu sehen. Aber Sie sprachen vorhin von Beobachtung und Deduktion. Das eine bedingt doch wohl das andere, gewissermaßen?«

»Kaum«, antwortete er, lehnte sich behaglich in seinem Sessel zurück und ließ aus seiner Pfeife dicke, bläuliche Rauchkringel aufsteigen. »Zum Beispiel zeigt mir die Beobachtung, daß Sie heute vormittag auf dem Postamt in der Wigmore Street waren, die Deduktion aber sagt mir, daß Sie dort ein Telegramm aufgegeben haben.«

»Stimmt!« sagte ich. »Beides stimmt! Aber ich muß gestehen, daß es mir unerklärlich ist, wie Sie darauf gekommen sind. Es war ein ganz plötzlicher Entschluß meinerseits, und ich habe keinem Menschen gegenüber etwas davon erwähnt.«

»Nichts einfacher als das«, meinte er, über meine Verblüffung schmunzelnd; »es ist so lächerlich einfach, daß sich eine Erklärung eigentlich erübrigt; aber vielleicht kann sie etwas zur Festlegung der Grenzen von Beobachtung und Deduktion beitragen. Meine Beobachtungsgabe teilt mir mit, daß auf dem Rist eines Ihrer Schuhe ein wenig rötliche Erde klebt. Direkt vor dem Postamt in der Wigmore Street ist das Pflaster aufgerissen und ein Erdhaufen aufgeworfen worden, der so liegt, daß man ihn kaum umgehen kann, wenn man ins Postamt will. Die Erde dort hat einen ganz besonderen, rötlichen Farbton, der meines Wissens an keinem anderen Ort der näheren Umgebung zu finden ist. Bis hierher ist alles Beobachtung; der Rest ist Deduktion.«

»Und wie haben Sie dann das Telegramm deduziert?«

»Nun, ich wußte natürlich, daß Sie keinen Brief geschrieben hatten, da ich Ihnen den ganzen Morgen gegenübersaß. Zudem kann ich sehen, daß Sie in Ihrem Schreibtisch, der offensteht, einen ganzen Bogen Briefmarken und ein dickes Bündel Postkarten haben. Wofür also sollten Sie das Postamt betreten, außer um ein Telegramm aufzugeben? Man schließe alle anderen Möglichkeiten aus, und die eine, die übrigbleibt, muß die Wahrheit sein.«

»In diesem Fall trifft das sicherlich zu«, griff ich den Faden nach einigem Nachdenken wieder auf. »Allerdings liegt diese Sache, wie Sie ja selbst sagen, sehr einfach. Würden Sie es als Unverschämtheit empfinden, wenn ich Ihre Theorie auf eine härtere Probe stellte?«

»Ganz im Gegenteil«, antwortete er, »es würde mich davon abhalten, eine zweite Dosis Kokain zu nehmen. Es wird mir ein Vergnügen sein, mich mit jeglichem Problem zu befassen, das Sie mir vorzulegen belieben.«

»Ich habe Sie verschiedentlich sagen hören, es sei kaum möglich, einen Gegenstand täglich in Gebrauch zu haben, ohne Spuren darauf zu hinterlassen, die einem geübten Beobachter Rückschlüsse auf die Persönlichkeit des Besitzers gestatteten. Nun denn, ich habe hier eine Uhr, die erst kürzlich in meinen Besitz gelangt ist. Würden Sie so gut sein, mir Ihre Meinung über den Charakter oder die Gewohnheiten des früheren Eigentümers mitzuteilen?«

Ich reichte ihm die Uhr mit einem Anflug von heimlicher Schadenfreude, denn die Aufgabe war, so glaubte ich, unlösbar, und ich beabsichtigte, ihm wegen des professoralen Tones, den er gelegentlich anschlug, eine Lehre zu erteilen. Er wog die Uhr in der Hand, musterte eingehend das Zifferblatt, öffnete das Gehäuse und untersuchte das Uhrwerk, zuerst von bloßem Auge, dann mit Hilfe eines starken Vergrößerungsglases. Als er schließlich die Uhr wieder zuklappte und mir zurückgab, konnte ich mir angesichts seiner niedergeschlagenen Miene nur mit Mühe ein Lächeln verkneifen.

»Es sind kaum Anhaltspunkte vorhanden«, bemerkte er. »Die Uhr ist vor kurzem gereinigt worden, und das bringt mich um die aufschlußreichsten Hinweise.«

»Ganz recht«, bestätigte ich, »die Uhr wurde gereinigt, ehe sie mir übersandt wurde.«

Insgeheim machte ich meinem Gefährten den Vorwurf, sich für sein Versagen einer äußerst faulen und nichtssagenden Ausrede zu bedienen. Was für Anhaltspunkte konnte er denn von einer nicht gereinigten Uhr erwarten?

»Obgleich unbefriedigend, war meine Untersuchung doch nicht gänzlich fruchtlos«, bemerkte er, während er mit gedankenverlorenem, stumpfem Blick zur Decke starrte. »Ihre Berichtigung vorbehalten, würde ich meinen, daß die Uhr Ihrem ältesten Bruder gehörte, der sie von Ihrem Vater geerbt hat.«

»Das schließen Sie zweifellos aus dem ›H.W.‹ auf der Rückseite.«

»Genau. Das ›W.‹ weist auf Ihren Namen hin. Das Datum auf der Uhr liegt etwa fünfzig Jahre zurück, und das Monogramm ist gleich alt wie die Uhr; also muß sie für die letzte Generation gemacht worden sein. Es ist üblich, daß Familienschmuck auf den ältesten Sohn übergeht, und dieser trägt in den meisten Fällen denselben Vornamen wie sein Vater. Wenn ich mich recht erinnere, ist Ihr Vater bereits vor vielen Jahren verstorben. Die Uhr muß also zuletzt im Besitz Ihres ältesten Bruders gewesen sein.«

»Soweit richtig«, sagte ich. »Sonst noch etwas?«

»Er war ein liederlicher Mensch – sehr liederlich und nachlässig. Er hatte ursprünglich gute Aussichten, aber er vertat sein Glück, lebte längere Zeit in Armut, kam ab und zu mal für kurze Zeit zu Geld, verfiel schließlich der Trunksucht und starb. Das ist alles, was ich herausfinden kann.«

Ich sprang vom Stuhl auf und humpelte erregt im Zimmer auf und ab; mein Herz war voller Bitternis.

»Das ist Ihrer unwürdig, Holmes«, sagte ich. »Ich hätte nie geglaubt, daß Sie so tief sinken könnten. Sie haben Nachforschungen über meinen unglücklichen Bruder angestellt, und jetzt geben Sie vor, das, was Sie bereits wissen, mit viel Phantasie zu deduzieren. Sie können nicht im Ernst von mir erwarten, daß ich glaube, Sie hätten all das aus seiner alten Uhr herausgelesen. Das ist ausgesprochen unfreundlich, und – mit Verlaub zu sagen – es hat einen Hauch von Scharlatanerie.«

»Mein lieber Doktor«, erwiderte er freundlich, »ich muß Sie um Entschuldigung bitten. Ich habe die Angelegenheit als abstraktes Problem betrachtet und dabei außer acht gelassen, wie persönlich und schmerzlich es Sie treffen könnte. Gleichzeitig versichere ich Ihnen, daß ich bis zu dem Moment, da Sie mir diese Uhr reichten, nicht einmal wußte, daß Sie einen Bruder hatten.«

»Wie in aller Welt sind Sie dann zu diesen Fakten gekommen? Sie sind absolut richtig bis in jede Einzelheit.«

»Ach, da war Glück dabei. Ich konnte nur die Wahrscheinlichkeiten abwägen. Ich habe gar nicht erwartet, es so genau zu treffen.«

»Aber Sie haben nicht einfach nur geraten?«

»Nein, nein, ich rate nie. Raten ist eine abscheuliche Angewohnheit; es zerstört die Fähigkeit, logisch zu denken. – Was Ihnen seltsam erscheint, ist es nur so lange, als Sie meinem Gedankengang nicht folgen oder jene kleinen Details übersehen, aus denen sich weitreichende Schlußfolgerungen ergeben können. Ich habe beispielsweise mit der Feststellung begonnen, daß Ihr Bruder nachlässig war. Wenn Sie den unteren Teil dieses Uhrengehäuses betrachten, sehen Sie, daß es nicht nur an zwei Stellen eingedellt, sondern über und über mit kleinen Kerben und Schrammen bedeckt ist, was von der Gewohnheit herrührt, die Uhr zusammen mit anderen harten

Gegenständen, wie etwa Münzen oder Schlüsseln, in der Tasche zu tragen. Da liegt doch die Annahme nahe, daß jemand, der mit einer Fünfzig-Guineen-Uhr so achtlos umspringt, ein nachlässiger Mensch ist. Ebenso scheint die Folgerung nicht besonders weit hergeholt, daß für einen Mann, der einen Gegenstand von solch beachtlichem Wert erbt, auch anderweitig recht gut vorgesorgt ist.«

Ich nickte, um ihm zu bedeuten, daß ich seiner Argumentation folgte.

»Bei den Pfandleihern hier in England ist es üblich, die Nummer des Pfandscheines mit einer Nadelspitze in die Innenseite des Gehäusedeckels zu ritzen, wenn sie eine Uhr in Gewahrsam nehmen. Das ist praktischer als ein Etikett, da die Nummer auf diese Weise nicht verlorengehen oder verwechselt werden kann. Im Inneren dieses Gehäuses hier sind mit Hilfe meines Vergrößerungsglases nicht weniger als vier solche Nummern zu erkennen. Daraus folgt: Bei Ihrem Bruder war öfter mal Ebbe. Daraus folgt des weiteren: Von Zeit zu Zeit kam er mal wieder zu Geld, sonst hätte er das Pfand nicht auslösen können. Schließlich möchte ich Sie noch darum bitten, sich die innere Abdeckplatte mit dem Schlüsselloch anzusehen. Schauen Sie: Tausende von Kratzern rings um das Schlüsselloch, Spuren eines Schlüssels, der abgeglitten ist. Wie könnte ein nüchterner Mann solche Kerben zustandebringen? Aber auf der Uhr eines Trinkers werden Sie sie immer finden: Er zieht die Uhr nachts auf und hinterläßt dabei diese Spuren seiner unsicheren Hand. – Was ist denn nun so rätselhaft an alledem?«

»Jetzt ist alles sonnenklar«, antwortete ich. »Ich bedaure, Ihnen unrecht getan zu haben. Ich hätte mehr Vertrauen in Ihr wunderbares Talent haben sollen. Darf ich fragen, ob Sie gegenwärtig mit einer Untersuchung beschäftigt sind?«

»Nein, nichts. Deshalb das Kokain. Ich kann nicht leben ohne Arbeit für mein Hirn. Wofür lohnt es sich sonst zu leben? Stellen Sie sich hierher, ans Fenster. Gab es je etwas Öderes, Trübseligeres, Unergiebigeres als diese Welt? Schauen Sie, wie der gelbe Nebel durch die Straße wallt und zwischen den fahlgrauen Häusern dahintreibt. Was könnte hoffnungsloser prosaisch und materialistisch sein? Was nützt es denn, Doktor, Fähigkeiten zu besitzen, wenn es kein Feld sie anzuwenden gibt? Das Verbrechen ist banal, das Dasein ist banal, und von allen möglichen Eigenschaften gelten einzig die banalen etwas auf dieser Welt.«

Ich hatte bereits den Mund geöffnet, um seiner Tirade zu entgegnen, als ein knappes Klopfen ertönte und unsere Wirtin mit dem Messingtablett in der Hand eintrat, auf dem eine Visitenkarte lag.

»Eine junge Dame für Sie, Sir«, sagte sie, zu meinem Gefährten gewandt.

»Miss Mary Morstan«, las er vor. »Hm, der Name sagt mir nichts. Bitten Sie die junge Dame herein, Mrs. Hudson. Nein, gehen Sie nicht, Doktor! Es wäre mir lieb, wenn Sie blieben.«

## 2. DIE DARLEGUNG DES FALLES

Miss Morstan betrat das Zimmer festen Schrittes und dem Anschein nach gefaßt. Sie war jung, blond, klein und zierlich, trug ein Paar tadellose Handschuhe und war äußerst geschmackvoll gekleidet. Die Schlichtheit ihres einfachen Kostüms ließ allerdings auf beschränkte Mittel schließen. Es war von einer düsteren, gräulich-beigen Farbe, ohne Krausen und Bordüren; dazu trug sie einen turbanartigen Hut in demselben stumpfen Farbton, der lediglich durch ein hervorlugendes weißes Federchen etwas belebt wurde. Ihr Gesicht bestach weder durch ein besonderes Ebenmaß der Züge noch durch einen strahlend schönen Teint, aber ihr Gesichtsausdruck war liebenswürdig und anziehend und ihr Blick außergewöhnlich beseelt und sympathisch. Ich habe auf drei Kontinenten die Frauen der verschiedensten Nationen erlebt, aber niemals zuvor hatte ich in ein Antlitz geblickt, das für ein feineres und empfindsameres Wesen gesprochen hätte. Als sie Platz nahm auf dem Stuhl, den Sherlock Holmes ihr zurechtgerückt hatte, konnte ich nicht umhin zu bemerken, daß ihre Lippen bebten, ihre Hände zitterten, ja, daß sie alle Anzeichen heftiger innerer Erregung aufwies.

»Ich komme zu Ihnen, Mr. Holmes«, begann sie, »da Sie früher einmal Mrs. Cecil Forrester, bei der ich in Diensten stehe, behilflich waren, eine kleine häusliche Verwicklung zu entwirren. Sie war sehr beeindruckt von Ihrer Hilfsbereitschaft und Ihrem Geschick.«

»Mrs. Cecil Forrester«, wiederholte er nachdenklich. »Ja, ich glaube, ich konnte ihr einmal einen kleinen Dienst erweisen. Allerdings war dieser Fall, wenn ich mich recht erinnere, sehr einfach.«

»Sie dachte anders darüber. Aber zumindest werden Sie das von meinem Fall nicht sagen können. Ich kann mir kaum etwas

Seltsameres und durch und durch Rätselhafteres vorstellen als die Situation, in der ich mich befinde.«

Holmes rieb sich die Hände, und seine Augen glitzerten. Er lehnte sich im Sessel nach vorn, seine scharfgeschnittenen, adlerartigen Züge hatten den Ausdruck äußerster Konzentration angenommen.

»Legen Sie Ihren Fall dar«, sagte er in knappem, geschäftlichem Ton.

Ich hatte das Gefühl, hier fehl am Platze zu sein.

»Sie werden mich gewiß entschuldigen«, murmelte ich und erhob mich von meinem Stuhl.

Zu meiner Überraschung hob die junge Dame ihre behandschuhte Hand, um mich zurückzuhalten.

»Wenn Ihr Freund die Güte haben wollte zu verweilen, so könnte er mir vielleicht einen unschätzbaren Dienst erweisen«, sagte sie.

Ich sank auf meinen Stuhl zurück.

»Die Tatsachen sind, in aller Kürze, die folgenden«, fuhr sie fort. »Mein Vater war Offizier bei einem indischen Regiment und schickte mich in die Heimat zurück, als ich noch ein kleines Mädchen war. Meine Mutter war nicht mehr am Leben, und ich hatte keine Verwandten in England. Ich wurde jedoch in einem guten Pensionat in Edinburgh untergebracht, wo ich bis zu meinem siebzehnten Altersjahr blieb. Im Jahre 1878 erhielt mein Vater, der dienstältester Hauptmann seines Regiments war, einen zwölfmonatigen Urlaub und kehrte nach Hause zurück. Von London aus teilte er mir telegraphisch mit, daß er gut angekommen sei und daß ich sogleich zu ihm kommen solle; als Adresse gab er das Langham Hotel an. Die Botschaft war, wie ich mich erinnere, voller Liebe und Güte. In London angekommen, fuhr ich sogleich zum Langham Hotel, wo ich die Auskunft erhielt, Captain Morstan sei wohl dort abgestiegen, jedoch am Abend zuvor ausgegangen und nicht mehr zurückgekehrt. Ich wartete den ganzen Tag lang, ohne etwas von ihm zu hören. Am Abend wandte ich mich, auf den Rat des Hoteldirektors hin, an die Polizei, und am folgenden Morgen annoncierten wir in allen Zeitungen. Unsere Nachforschungen blieben jedoch ergebnislos, und bis zum heutigen Tag bin ich ohne irgendein Lebenszeichen von meinem unglücklichen Vater. Er war zurückgekehrt, das Herz voller Hoffnung auf ein wenig Ruhe, ein wenig Behaglichkeit, und statt dessen ...«

Sie fuhr sich mit der Hand an die Kehle, und der Satz brach in einem erstickten Schluchzen ab.

»Das Datum?« fragte Holmes und öffnete sein Notizbuch.

»Er verschwand am 3. Dezember 1878, vor beinahe zehn Jahren.«

»Sein Gepäck?«

»War im Hotel zurückgeblieben. Es fand sich nichts darin, das einen Anhaltspunkt hätte bieten können; nur Kleider, ein paar Bücher und ein Haufen Kuriositäten von den Andamanen-Inseln. Mein Vater hatte dort als Offizier die Wachmannschaften für die Sträflinge befehligt.«

»Hatte er Freunde in London?«

»Meines Wissens nur einen; Major Sholto vom 34th Bombay Infantry, demselben Regiment wie mein Vater. Der Major hatte kurze Zeit zuvor seinen Abschied genommen und lebte in Upper Norwood. Selbstverständlich setzten wir uns sofort mit ihm in Verbindung, aber er wußte nicht einmal, daß sich sein Offizierskamerad in England aufhielt.«

»Ein sonderbarer Fall«, bemerkte Holmes.

»Den sonderbarsten Teil davon hab ich Ihnen noch gar nicht erzählt. Vor ungefähr sechs Jahren – oder, um präzis zu sein, am 4. Mai 1882 – erschien in der *Times* eine Annonce, in der nach der Adresse von Miss Mary Morstan geforscht und versichert wurde, es sei zu ihrem Vorteil, sich zu melden. Die Annonce war weder mit einem Namen noch mit einer Adresse versehen. Zu jener Zeit hatte ich eben meine Stelle als Gesellschafterin im Hause von Mrs. Cecil Forrester angetreten, und auf ihren Rat hin ließ ich meine Adresse in der Annoncenspalte abdrucken. Noch am selben Tag erhielt ich mit der Post eine kleine, an mich adressierte Pappschachtel, in der ich eine sehr große, schimmernde Perle, aber keinerlei Begleitschreiben fand. Seither taucht Jahr für Jahr, immer am selben Tag, so eine Schachtel mit so einer Perle darin auf, ohne den geringsten Hinweis auf den Absender. Nach dem Urteil eines Kenners sind die Perlen von seltener Art und beträchtlichem Wert. Überzeugen Sie sich selbst, sie sind wirklich ausgesprochen hübsch.«

Bei diesen Worten öffnete sie ein flaches Etui und zeigte mir sechs der schönsten Perlen, die ich je gesehen hatte.

»Ihr Bericht ist ausgesprochen interessant«, sagte Sherlock Holmes. »Hat sich sonst noch etwas ereignet?«

»Ja, und zwar gerade heute. Deshalb bin ich zu Ihnen gekommen. Ich habe heute morgen diesen Brief erhalten; vielleicht möchten Sie ihn sich selbst ansehen.«

»Danke«, sagte Holmes, »den Umschlag auch, bitte. Poststempel London S.W., datiert 7. Juli. Hm. Männlicher Daumenabdruck in der einen Ecke – wahrscheinlich der Postbote. Erstklassiges Briefpapier, Umschläge zu *Sixpence* das Paket; der Mann scheint ziemlich wählerisch zu sein in diesen Dingen. Kein Absender.

> Finden Sie sich heute abend um sieben Uhr bei der dritten Säule von links vor dem *Lyceum Theatre* ein. Wenn Sie Bedenken haben, bringen Sie zwei Freunde mit. Man hat Ihnen unrecht getan, und nun soll Ihnen Gerechtigkeit widerfahren. Lassen Sie die Polizei aus dem Spiel, sonst ist alles vergebens.
>
> Ihr unbekannter Freund

Nun, das ist ja wirklich ein nettes kleines Rätsel! Was gedenken Sie zu tun, Miss Morstan?«

»Genau das wollte ich Sie fragen.«

»Dann müssen wir natürlich hingehen, Sie und ich und – ja, natürlich, Dr. Watson ist genau der richtige Mann dafür. Der Brief spricht von *zwei* Freunden, und wir beide haben schon früher zusammengearbeitet.«

»Aber wird er bereit sein mitzukommen?« fragte sie, und

etwas Flehentliches lag dabei in ihrer Stimme und in ihrem Blick.

»Es würde mich mit Stolz und Freude erfüllen, Ihnen einen Dienst erweisen zu können«, versicherte ich mit Wärme.

»Sie beide sind so freundlich zu mir«, sagte sie. »Ich führe ein zurückgezogenes Leben und habe keine Freunde, an die ich mich wenden könnte. – Reicht es, wenn ich um sechs Uhr wieder hier bin?«

»Ja, aber nicht später«, antwortete Holmes. »Nur noch eine Frage: Ist dies dieselbe Handschrift wie auf den Adressen der Perlenschachteln?«

»Ich habe sie mitgebracht«, antwortete sie und kramte sechs Zettel hervor.

»Sie sind wirklich eine Muster-Klientin; Sie haben einen Instinkt dafür, worauf es ankommt. Dann wollen wir einmal sehen...« Er breitete die Zettel auf dem Tisch aus und ließ seinen Blick von einem zum anderen huschen. »Alles mit verstellter Handschrift geschrieben, mit Ausnahme des Briefes«, sagte er nach einer Weile, »aber die Urheberschaft steht außer Frage. Schauen Sie, wie unbezwingbar das griechische ›e‹ durchbricht, und beachten Sie den Schnörkel beim ›s‹ am Wortende. Das ist ohne Zweifel alles von derselben Person geschrieben. Ich möchte keine falschen Hoffnungen in Ihnen wecken, Miss Morstan, aber besteht irgendeine Ähnlichkeit zwischen dieser Handschrift und derjenigen Ihres Vaters?«

»Der Unterschied könnte nicht größer sein.«

»Das habe ich mir gedacht. Wir erwarten Sie also um sechs Uhr. Mit Ihrer Erlaubnis werde ich die Papiere hierbehalten. Es könnte sein, daß ich mir die Sache vor dem Abend nochmals ansehe. Es ist erst halb vier. Also dann, *au revoir.*«

»*Au revoir*«, erwiderte unsere Besucherin, schenkte jedem von uns einen freundlichen, strahlenden Blick, barg das Etui mit den Perlen wieder an ihrem Busen und eilte davon.

Ich stand am Fenster und blickte ihr nach, wie sie rasch

die Straße entlangschritt, bis der graue Hut mit der weißen Feder nur noch als winziger Punkt in der dunklen Menge zu erkennen war.

»Was für eine außerordentlich attraktive Frau!« rief ich aus, als ich mich meinem Gefährten zuwandte.

Er hatte sich seine Pfeife wieder angesteckt und saß weit zurückgelehnt, mit gesenkten Augenlidern da. »Tatsächlich?« versetzte er träge. »Das ist mir gar nicht aufgefallen.«

»Sie sind ein richtiger Automat, eine Rechenmaschine!« rief ich. »Zuweilen haben Sie etwas entschieden Unmenschliches an sich.«

Er lächelte liebenswürdig.

»Es ist von größter Wichtigkeit«, sagte er, »sein Urteil nicht beirren zu lassen durch die Vorzüge oder Mängel einer Person. Ein Klient ist für mich nicht mehr als eine abstrakte Einheit, ein Faktor in einem Problem. Gefühlsregungen sind dem klaren Denken feind. Ich kann Ihnen versichern, daß die anziehendste Frau, der ich je begegnet bin, am Galgen endete, weil sie ihre drei kleinen Kinder um des Versicherungsgeldes willen vergiftet hatte, und daß der abstoßendste Mann, den ich kenne, ein Philanthrop ist, der beinahe eine Viertelmillion für die Armen Londons gespendet hat.«

»Aber in diesem Fall...«

»Ich mache nie eine Ausnahme. Ausnahmen setzen die Regel außer Kraft. Hatten Sie schon einmal die Gelegenheit, anhand einer Handschrift Charakterstudien anzustellen? Was halten Sie von dem Gekritzel dieses Burschen?«

»Die Schrift ist gut lesbar und regelmäßig«, antwortete ich; »wohl ein Geschäftsmann mit einer starken Persönlichkeit.«

Holmes schüttelte den Kopf.

»Betrachten Sie einmal die Oberlängen«, sagte er. »Sie ragen kaum über das mittlere Niveau hinaus. Dieses ›d‹ hier könnte ebensogut ein ›a‹ sein, und dieses ›l‹ ein ›e‹. Bei einem Mann von starker Persönlichkeit heben sich die Oberlängen klar ab, wie unlesbar seine Schrift im übrigen auch sein mag. Zudem verrät sein ›k‹ Wankelmut und seine Großbuchstaben

Selbstüberschätzung. – Ich gehe jetzt aus; ich muß ein paar Auskünfte einholen. Darf ich Ihnen dieses Buch empfehlen? Winwood Reades *Martyrium der Menschheit,* eines der bemerkenswertesten Werke, die je verfaßt wurden. In einer Stunde bin ich wieder da.«

Ich saß im Erker, das Buch in der Hand, aber meine Gedanken waren weit entfernt von den waghalsigen Spekulationen seines Verfassers. Sie kreisten um unsere Besucherin, um ihr Lächeln, den warmen, vollen Klang ihrer Stimme und das seltsame Geheimnis, das ihr Leben überschattete. Wenn sie zum Zeitpunkt des Verschwindens ihres Vaters siebzehn gewesen war, so mußte sie jetzt siebenundzwanzig sein – das schöne Alter, wenn die Jugend ihre Befangenheit abgelegt und im Leben draußen ein wenig Besonnenheit erlangt hat. So saß ich da und sann vor mich hin, bis schließlich Gedanken von solcher Gefährlichkeit in meinem Kopf aufstiegen, daß ich an mein Pult stürzte und mich mit wildem Arbeitseifer in den jüngsten Artikel über Pathologie vergrub. Wer war ich denn schon, daß ich mir anmaßte, mit solchen Gedanken zu spielen? Ein Militärarzt mit einem angeschlagenen Bein und einem noch angeschlageneren Bankkonto! Sie war eine abstrakte Einheit, ein Faktor – und sonst nichts. Wenn meine Zukunft düster aussah, dann war es gewiß besser, sich ihr wie ein Mann zu stellen, als sie mit den Irrlichtern der Phantasie aufhellen zu wollen.

## 3. AUF DER SUCHE NACH EINER LÖSUNG

Es war bereits halb sechs, als Holmes nach Hause zurückkehrte. Er war heiter, lebhaft und bester Laune, eine Stimmung, die bei ihm mit Anfällen schwärzester Depression abwechselte.

»Es gibt nichts besonders Mysteriöses an diesem Fall«, sagte er, während er den Tee trank, den ich für ihn eingegossen hatte; »die Tatsachen scheinen nur eine einzige Erklärung zuzulassen.«

»Was, haben Sie die Lösung schon?«

»Nun, das wäre ein bißchen zuviel gesagt. Ich habe eine aufschlußreiche Tatsache entdeckt, das ist alles. Aber sie ist wirklich *sehr* aufschlußreich. Die Einzelheiten fehlen mir noch. Ich habe lediglich die alten Jahrgänge der *Times* zu Rate gezogen und dabei herausgefunden, daß Major Sholto, wohnhaft in Upper Norwood, ehemaliger Offizier des $34^{th}$ Bombay Infantry, am 28. April 1882 verstorben ist.«

»Ich bin wahrscheinlich sehr schwer von Begriff, Holmes, aber ich kann nicht sehen, was daran so aufschlußreich sein soll.«

»Ach ja? Das überrascht mich. Versuchen Sie einmal, die Sache folgendermaßen anzuschauen. Captain Morstan verschwindet. Die einzige Person in London, die er aufgesucht haben könnte, ist Major Sholto. Major Sholto bestreitet, von Captain Morstans Anwesenheit in London auch nur gewußt zu haben. Vier Jahre später stirbt Sholto. *Eine Woche nach seinem Tod* erhält Captain Morstans Tochter ein kostbares Geschenk, was sich seither alljährlich wiederholt und nun darin gipfelt, daß sie einen Brief erhält, in dem gesagt wird, es sei ihr unrecht getan worden. Was könnte anderes damit gemeint sein als das Unrecht, daß man ihr den Vater geraubt hat? Und warum sollte die Geschenkserie unmittelbar nach Sholtos Tod einsetzen, wenn nicht aus dem einfachen Grund, daß Sholtos

Erbe etwas von dieser dunklen Sache weiß und den Wunsch nach Wiedergutmachung hat? Oder haben Sie eine andere Erklärung, die mit den Fakten übereinstimmt?«

»Aber was für eine seltsame Art der Wiedergutmachung! Und wie seltsam arrangiert! Und weshalb sollte er ihr heute einen Brief schreiben, wenn er es vor sechs Jahren nicht getan hat? Und noch etwas, im Brief wird davon gesprochen, daß ihr Gerechtigkeit widerfahren soll. Was für eine Gerechtigkeit kann das sein? Man muß ja doch wohl annehmen, daß ihr Vater nicht mehr am Leben ist. Und soviel wir wissen, liegt kein anderes Unrecht gegen sie vor.«

»Es gibt da Ungereimtheiten; ganz gewiß gibt es da noch ein paar Ungereimtheiten«, sagte Sherlock Holmes nachdenklich, »aber unsere Expedition von heute abend wird Licht in die Sache bringen. Aha, da ist eben ein Wagen vorgefahren, und Miss Morstan sitzt darin. Sind Sie bereit? Dann sollten wir hinuntergehen, es ist schon kurz nach sechs.«

Ich griff nach meinem Hut und meinem massivsten Spazierstock, es entging mir jedoch nicht, daß Holmes seinen Revolver aus der Schublade nahm und in seine Tasche gleiten ließ. Er war offensichtlich darauf gefaßt, daß unser nächtliches Vorhaben eine ernste Wendung nehmen könnte.

Miss Morstan war in einen dunklen Umhang gehüllt, und ihr sensibles Gesicht wirkte gefaßt, wenn auch blaß. Es mußte die Kräfte einer Frau übersteigen, angesichts der seltsamen Unternehmung, zu der wir uns anschickten, nicht ein gewisses Unbehagen zu empfinden; dennoch hatte sie sich vollkommen in der Hand und antwortete bereitwillig auf die paar zusätzlichen Fragen, die Sherlock Holmes an sie richtete.

»Major Sholto war ein sehr enger Freund von Papa«, sagte sie. »In seinen Briefen hat er den Major sehr oft erwähnt. Er und Papa hatten den Oberbefehl über die Truppen auf den Andamanen inne; sie steckten also recht oft zusammen. Da fällt mir gerade ein, in Papas Schreibtisch hat man ein sonderbares Stück Papier gefunden, das niemand verstehen konnte. Ich nehme nicht an, daß es von irgendwelcher Bedeutung ist, aber ich dachte mir, daß Sie es sich vielleicht trotzdem ansehen möchten, und so habe ich es mitgebracht. Hier ist es.«

Holmes entfaltete das Papier behutsam und strich es über seinem Knie glatt. Dann untersuchte er es systematisch von oben bis unten mit seinem Vergrößerungsglas.

»Das Papier ist ein indisches Fabrikat«, bemerkte er. »Es ist eine Zeitlang mit Reißnägeln an einem Brett befestigt gewesen. Die Zeichnung darauf sieht nach dem Teilplan eines riesigen Gebäudes mit zahlreichen Sälen, Gängen und Korridoren aus. An einer Stelle ist mit roter Tinte ein Kreuz angebracht, und darüber steht halb verwischt mit Bleistift ›3,37 von links‹. In der linken unteren Ecke eine eigenartige Hieroglyphe, wie vier Kreuze nebeneinander, deren Querbalken sich berühren. Daneben steht in sehr rohen, ungelenken Lettern: ›Das Zeichen der Vier – Jonathan Small, Mahomet Singh, Abdullah Khan, Dost Akbar‹. Nun, ich muß gestehen, daß ich nicht sehe, inwiefern dies mit unserem Fall zusammenhängt. Aber es ist ganz offensichtlich ein wichtiges Dokument. Es muß sorgfältig in einer Brieftasche aufbewahrt worden sein, denn eine Seite ist so makellos rein wie die andere.«

»Ja, wir haben es in seiner Brieftasche gefunden.«

»Dann heben Sie es gut auf, Miss Morstan, vielleicht wird es uns noch von Nutzen sein. Mir schwant, daß dieser Fall sich als weit abgründiger und komplizierter erweisen könnte, als es zuerst den Anschein machte. Ich muß mein Konzept neu überdenken.«

Er lehnte sich ins Wagenpolster zurück, und an seiner gerunzelten Stirn und dem leeren Blick sah ich, daß er angestrengt nachdachte. Miss Morstan und ich unterhielten uns halblaut über unsere Expedition und ihre möglichen Resultate, unser Gefährte jedoch verharrte bis ans Ende der Fahrt in seiner undurchdringlichen Abkapselung.

Es war ein Septemberabend und noch nicht ganz sieben Uhr; aber der Tag war trüb gewesen, und dicker nieseliger Nebel lag tief über der großen Stadt. Matschgraue Wolken hingen schlaff über den matschigen Straßen. Die Straßenlaternen den Strand entlang waren nur noch verschwommene Kleckse milchigen Lichtes, das einen schwachen, runden Abglanz auf dem schlammigen Pflaster hinterließ. Das grellgelbe Licht der Schaufenster floß hinaus in den wabernden Dunst und warf einen trüben, unruhigen Schein über die betriebsame Straße. Für mich hatte sie etwas Unheimliches und Geisterhaftes, diese endlose Prozession von Gesichtern, die durch die schmalen Streifen Lichtes huschten – traurige Gesichter und frohe, verhärmte und heitere. Wie es der Menschen allgemeines Los ist, huschten sie aus der Düsternis ins Licht, um dann wieder in der Düsternis zu verschwinden. Ich bin sonst nicht Stimmungen unterworfen, aber dieser trübe, bedrückende Abend im Verein mit dem seltsamen Unternehmen, auf das wir uns eingelassen hatten, machte mich nervös und deprimiert. Miss Morstan war anzusehen, daß sie unter den gleichen Gefühlen litt. Holmes allein war über derartige Lappalien erhaben. Er hielt sein Notizbuch geöffnet auf den Knien und kritzelte im Lichte seiner Taschenlampe bisweilen Zahlen und Stichworte auf das Papier.

Am *Lyceum Theatre* standen die Leute schon dicht gedrängt vor den Seiteneingängen, und vorn rasselten in dichter Folge zwei- und vierrädrige Wagen heran und ließen Männer mit steifer Hemdbrust und diamantenbehängte, stolatragende Frauen aussteigen. Wir hatten die dritte Säule, den Ort unseres Rendez-vous, kaum erreicht, als wir auch schon von einem kleinen, kräftigen, dunklen Mann in Kutscherlivree angesprochen wurden.

»Sind Sie die Herrschaften, die Miss Morstan begleiten?« fragte er.

»Ich bin Miss Morstan, und diese beiden Gentlemen sind Freunde von mir«, erklärte sie.

Er musterte uns mit einem eigentümlich bohrenden und forschenden Blick.

»Sie müssen schon entschuldigen, Miss«, sagte er mit einem Unterton von Hartnäckigkeit, »aber ich habe den Auftrag, mir

Ihr Wort darauf geben zu lassen, daß keiner Ihrer Begleiter ein Polizeibeamter ist.«

»Sie haben mein Wort darauf«, antwortete sie.

Nun stieß er einen schrillen Pfiff aus, worauf ein Gassenjunge eine Kutsche heranführte und uns den Verschlag öffnete. Der Mann, der uns angesprochen hatte, kletterte auf den Kutschbock, während wir unsere Plätze im Wageninneren einnahmen. Kaum war dies geschehen, ließ unser Fahrer die Peitsche knallen, und wir brausten los, hinein in die nebligen Straßen.

Die Situation war eigenartig: wir waren unterwegs in unbekannter Mission zu einem unbekannten Ziel. Doch wenn diese Aufforderung nicht bloß ein schlechter Scherz gewesen war, was kaum wahrscheinlich erschien, dann hatten wir allen Grund zu der Annahme, daß bei unserer Reise Entscheidendes auf dem Spiel stand. Miss Morstan verhielt sich nach wie vor entschlossen und gefaßt. Ich bemühte mich, sie ein wenig zu unterhalten und aufzuheitern, indem ich Anekdoten von meinen Abenteuern in Afghanistan zum besten gab. Ehrlich gesagt, war ich jedoch selber so aufgeregt ob unserer Situation und so gespannt auf die Dinge, die da kommen sollten, daß meine Geschichten etwas verwickelt wurden. Bis zum heutigen Tage behauptet sie, ich hätte ihr die ergreifende Geschichte erzählt, wie einmal mitten in stockdunkler Nacht eine Muskete in mein Zelt geguckt und ich ein doppelläufiges Tigerjunges darauf abgefeuert hätte. Am Anfang hatte ich noch eine ungefähre Vorstellung von der Richtung, in die wir fuhren, aber schon nach kurzer Zeit – was Wunder bei der Geschwindigkeit der Fahrt, dem Nebel und meiner beschränkten Ortskenntnis – hatte ich die Orientierung verloren und nahm nur noch wahr, daß wir offenbar einen weiten Weg zurückzulegen hatten. Sherlock Holmes hingegen verlor keinen Moment lang den Überblick, und während der Wagen ratternd offene Plätze durchquerte, um dann wieder in gewundene Nebenstraßen einzutauchen, murmelte er deren Namen vor sich hin.

»Rochester Row«, sagte er, »und jetzt Vincent Square. Jetzt kommen wir bei der Vauxhall Bridge Road heraus. Es scheint, wir halten auf die Surrey-Seite zu. Ja, dacht ich mir's doch, jetzt sind wir auf der Brücke. Schauen Sie, man kann einen Blick auf den Fluß erhaschen.«

Tatsächlich sahen wir flüchtig einen Abschnitt der Themse und den Widerschein der Lampen auf dem breiten, ruhig fließenden Gewässer, aber schon war der Wagen weitergejagt und ins Straßengewirr des jenseitigen Ufers eingetaucht.

»Wandsworth Road«, bemerkte mein Gefährte. »Priory Road. Larkhall Lane. Stockwell Place. Robert Street. Coldharbour Lane. Unsere Ausfahrt scheint uns nicht in die allervornehmsten Gegenden zu führen.«

Tatsächlich befanden wir uns in einer höchst zweifelhaften, wenig einladenden Umgebung. Lange Reihen düsterer Backsteinhäuser wurden einzig vom Flitter grell erleuchteter Pubs an den Straßenecken aufgelockert. Es folgten Reihen von zweigeschossigen Einfamilienhäusern, jedes mit einem winzig kleinen Vorgarten, dann wieder endlose Reihen von neuen, aufdringlichen Backsteingebäuden – monströse Tentakel, welche die riesenhafte Stadt ins Land ausstreckte. Endlich hielt der Wagen vor dem dritten Haus einer neugebauten Häuserreihe. Keines der Nachbarhäuser schien bewohnt zu sein, und auch das, vor dem wir standen, war dunkel bis auf einen schwachen Schimmer, der durch das Küchenfenster drang. Auf unser Klopfen hin wurde die Tür jedoch unverzüglich aufgerissen von einem Hindu-Diener, der einen gelben Turban, ein weißes, wallendes Gewand und eine gelbe Schärpe trug. Die exotische Gestalt wirkte seltsam fehl am Platz in diesem Allerweltseingang eines drittklassigen englischen Vorortshauses.

»Der *Sahib* erwartet Sie«, sagte der Diener, und er hatte noch nicht ausgeredet, als aus dem Innern des Hauses eine hohe, schrille Stimme an unser Ohr drang.

»Bring sie zu mir herein, *Khitmutgar*«, krähte sie, »bring sie sogleich zu mir.«

## 4. DIE GESCHICHTE DES KAHLEN MANNES

Wir folgten dem Inder durch einen schmutzigen, schäbigen Gang, der schlecht beleuchtet und noch schlechter eingerichtet war, bis wir rechts zu einer Tür gelangten, die er aufstieß. Blendend helles Licht strömte uns entgegen, und mittendrin stand ein kleiner Mann, dessen auffallend hoher Schädel von einem Kranz roter Borsten gesäumt wurde, über denen sich eine glänzende Glatze erhob wie ein Berggipfel über den Tannenwipfeln. Er rang in einem fort die Hände, und über sein Gesicht lief ein unablässiges Zucken: bald lächelnd, bald sich verfinsternd kamen seine Züge nicht einen Moment lang zur Ruhe. Die Natur hatte ihn mit einer Hängelippe und einer deutlich sichtbaren Reihe gelber, unregelmäßiger Zähne ausgestattet, was er zu verbergen suchte, indem er sich immer wieder mit der Hand über die untere Gesichtshälfte fuhr. Trotz seiner auffälligen Kahlheit schien er noch jung zu sein. Tatsächlich hatte er eben erst sein dreißigstes Lebensjahr vollendet.

»Zu Ihren Diensten, Miss Morstan«, wiederholte er mehrfach mit hoher, dünner Stimme. »Zu Ihren Diensten, Gentlemen. Bitte treten Sie ein in mein kleines Heiligtum. Es ist zwar nicht groß, Miss, aber ganz nach meinem Geschmack eingerichtet. Eine Oase der Kunst in der öden Wüstenei von Südlondon.«

Der Anblick der Wohnung, in die wir gebeten wurden, setzte uns alle in Erstaunen. Sie wirkte in diesem armseligen Hause so fehl am Platz wie ein Diamant reinsten Wassers in einer Fassung aus Katzengold. Üppigste schimmernde Vorhangstoffe und Tapisserien bedeckten die Wände und waren hier und da gerafft, um den Blick auf ein kostbar gerahmtes Gemälde oder eine orientalische Vase freizugeben. Der Teppich war bernsteinfarben und schwarz und von solcher Dicke und Weichheit, daß man beim Gehen behaglich darin einsank, als schritte man über einen Moosteppich. Zwei große Tigerfelle, die quer darüber gebreitet waren, verstärkten noch den Eindruck von orientalischem Luxus, ebenso wie eine riesige Huka, die auf einer Matte in der Ecke stand. Eine brennende Lampe in Gestalt einer silbernen Taube hing an einem beinahe unsichtbaren Golddraht in der Mitte des Zimmers und erfüllte die Luft mit einem feinen, aromatischen Wohlgeruch.

»Mr. Thaddeus Sholto«, stellte sich der kleine Mann, unentwegt zuckend und lächelnd, vor. »So lautet mein Name. Und Sie müssen Miss Morstan sein; und diese beiden Herren...«

»Dies hier ist Mr. Sherlock Holmes, und dies ist Dr. Watson.«

»Oh, ein Arzt?« schrie er ganz aufgeregt. »Haben Sie Ihr Stethoskop dabei? Dürfte ich Sie wohl fragen... Hätten Sie wohl die Freundlichkeit...? Ich mache mir schwere Sorgen um meine Mitralklappe – wenn Sie so gut sein wollten... Die Aortenklappe arbeitet zuverlässig, aber ich wäre sehr froh zu erfahren, was Sie von meiner Mitralklappe halten.«

Ich horchte sein Herz ab, wie er es gewünscht hatte, konnte aber nichts Ungewöhnliches feststellen, abgesehen davon, daß er vor Angst ganz außer sich war, denn er schlotterte am ganzen Leib.

»Hört sich alles normal an«, sagte ich, »es besteht kein Grund zur Beunruhigung.«

»Sie werden meine Ängstlichkeit entschuldigen, Miss Morstan«, sagte er mit aufgesetzter Munterkeit, »aber ich habe viel zu leiden und mache mir seit langem Gedanken wegen dieser Herzklappe. Um so beglückter bin ich nun zu erfahren, daß sie unbegründet sind. Hätte Ihr Vater, Miss Morstan, es vermieden, sein Herz zu großen Belastungen auszusetzen, so wäre er vielleicht heute noch am Leben.«

Ich hätte dem Mann ins Gesicht schlagen können vor Wut über die herzlose Beiläufigkeit, mit der er ein so heikles Thema abtat. Miss Morstan mußte sich setzen; ihr Gesicht war weiß bis in die Lippen.

»In meinem Herzen wußte ich schon, daß er tot ist«, sagte sie.

»Ich kann Ihnen alle Einzelheiten mitteilen«, sagte er, »und, was wichtiger ist, ich kann Ihnen zu Ihrem Recht verhelfen, und das werde ich auch, was immer Bruder Bartholomew dazu sagen mag. Ich bin so froh, daß Ihre Freunde hier sind, nicht nur als Ihre Eskorte, sondern ebensosehr als Zeugen dessen, was ich zu sagen und zu tun beabsichtige. Zu dritt sind wir imstande, Bruder Bartholomew die Stirn zu bieten. Aber ohne Außenstehende hineinzuziehen – ohne Polizei oder andere Behörden. Dies alles kann zufriedenstellend unter uns geregelt werden, ohne irgendwelche Einmischung von außen. Nichts würde Bruder Bartholomew mehr aufbringen, als wenn die Sache an die Öffentlichkeit gelangte.«

Er setzte sich auf ein niedriges Sofa und blinzelte uns aus seinen schwachen, wässerig blauen Augen fragend an.

»Was mich betrifft«, sagte Holmes, »so soll alles, was Sie hier äußern, unter uns bleiben.«

Ich nickte, um mein Einverständnis zu bekunden.

»Bestens! Bestens!« sagte er. Darf ich Ihnen ein Glas Chianti anbieten, Miss Morstan? Oder lieber Tokaier? Andere Weine lagere ich nicht. Soll ich eine Flasche aufmachen? Nein? Dann eben nicht, aber Sie haben doch wohl nichts gegen Tabakrauch einzuwenden, gegen den balsamischen Wohlgeruch orientalischen Tabaks. Ich bin ein wenig nervös veranlagt, und für mich ist meine Huka ein unübertreffliches Sedativum.«

Er hielt einen brennenden Wachsstock an den bauchigen Pfeifenkopf, und schon gluckerte der Rauch munter durch das Rosenwasser. Vorgebeugt und das Kinn in die Hand gestützt, so saßen wir drei in einem Halbkreis, derweil der seltsame, zappelige kleine Kerl mit dem hohen, glänzenden Schädel unruhig seine Pfeife paffte.

»Als ich beschloß, mit Ihnen in Verbindung zu treten, hatte ich ursprünglich vor, meine Adresse anzugeben; ich fürchtete jedoch, daß Sie meiner Bitte nicht Folge leisten und mit unangenehmen Begleitern hier auftauchen könnten. Ich habe mir deshalb erlaubt, unsere Verabredung so zu treffen, daß mein Diener Williams Sie zuerst anschauen konnte. Auf sein Urteil kann ich mich ganz und gar verlassen, und er hatte den Auftrag, die Sache auf sich beruhen zu lassen, wenn ihm irgendwelche Bedenken kämen. Sie werden diese Vorsichtsmaßnahmen entschuldigen, aber ich bin nun mal ein Mensch von zurückgezogener Wesensart und, wie ich sagen möchte, delikatestem Geschmack, und es gibt nichts Unästhetischeres als einen Polizisten. Ich habe einen angeborenen Widerwillen gegen alle Erscheinungsformen des gemeinen Materialismus. Ich komme nur selten mit dem gemeinen Volk in Kontakt. Wie Sie sehen, lebe ich in meiner eigenen kleinen Atmosphäre von Eleganz. Ich darf mich als einen Förderer der Künste bezeichnen. Das ist so eine Schwäche von mir. Diese Landschaft da ist ein echter Corot, und wenn auch ein Connaisseur einige Zweifel bezüglich jenes Salvator Rosa äußern könnte, so ist doch der Bouguereau über jeden Verdacht erhaben. Ich bin ein Anhänger der modernen französischen Schule.«

»Entschuldigen Sie, Mr. Sholto«, unterbrach ihn Miss Morstan, »aber ich bin auf Ihre Aufforderung hin hierhergekommen, um etwas zu erfahren, das Sie mir zu sagen wünschten. Es ist schon spät, und es wäre mir lieb, wenn wir unsere Unterredung so kurz wie möglich halten könnten.«

»Auch günstigstenfalls wird es noch ein Weilchen dauern«, antwortete er, »denn wir müssen sowieso nach Norwood, um Bruder Bartholomew einen Besuch abzustatten. Wir werden alle miteinander hingehen und versuchen, mit Bruder Bartholomew fertigzuwerden. Er ist sehr wütend auf mich, weil ich den Weg eingeschlagen habe, der mir der richtige schien. Gestern abend hatte ich einen recht scharfen Wortwechsel mit ihm. Sie können sich gar nicht vorstellen, was für ein unleidlicher Bursche er sein kann, wenn er wütend ist.«

»Wenn wir noch nach Norwood wollen, so wäre es wohl ratsam, jetzt gleich aufzubrechen«, wagte ich einzuwerfen.

Er lachte, bis seine Ohren puterrot waren.

»Das wäre wohl kaum das richtige«, rief er. »Ich weiß nicht, was er sagen würde, wenn ich Sie einfach so mir nichts dir nichts mitbrächte. Nein, ich muß Sie vorbereiten, indem ich Ihnen zeige, wie wir alle zueinander stehen. Ich möchte vorausschicken, daß die Geschichte mir selbst nicht in allen Punkten klar ist. Ich kann Ihnen lediglich die Tatsachen berichten, die mir selber bekannt sind.

Mein Vater war, wie Sie wohl bereits vermuten, John Sholto, ehemals Major der indischen Armee. Er nahm vor etwa elf Jahren seinen Abschied, um seinen Lebensabend auf *Pondicherry Lodge* in Upper Norwood zu verbringen. Er hatte in Indien sein Glück gemacht und kehrte mit einer beträchtlichen Summe Geldes, einer großen Sammlung wertvoller Kuriositäten und einer indischen Dienerschaft in die Heimat zurück. So ausgestattet konnte er das Haus erwerben und dort ein Leben in großem Stil führen. Mein Zwillingsbruder Bartholomew und ich waren seine einzigen Kinder.

Ich erinnere mich noch sehr gut, welch ein Aufsehen das Verschwinden Captain Morstans erregte. Wir erfuhren die Einzelheiten aus den Zeitungen, und da wir wußten, daß er ein Freund unseres Vaters gewesen war, erörterten wir den Fall ganz offen in seinem Beisein. Er pflegte dann mit uns zusammen Spekulationen darüber anzustellen, was ihm wohl zugestoßen sein mochte. Nie im Leben wären wir auf den Gedanken gekommen, daß er dieses Geheimnis in seiner Brust verborgen hielt, daß er der einzige Mensch auf der ganzen Welt war, der Arthur Morstans Schicksal kannte.

Wir bemerkten allerdings, daß irgendein dunkles Geheimnis, eine ernste Gefahr das Leben unseres Vaters überschattete. Er fürchtete sich sehr davor, alleine auszugehen, und hatte stets zwei Preisboxer angestellt, die in *Pondicherry Lodge* das Pförtneramt versahen. Williams, der Sie heute abend kutschiert hat, ist einer von ihnen. Er war früher englischer Meister im Leichtgewicht. Unser Vater hätte uns nie gesagt, was die Ursache seiner Furcht war, er hatte jedoch eine äußerst auffällige Aversion gegen Männer mit einem Holzbein. Bei einer Gelegenheit griff er sogar zum Revolver und schoß auf einen Mann mit einem Holzbein, der sich dann als harmloser Handelsreisender auf der Suche nach Aufträgen entpuppte. Wir mußten eine stattliche Summe bezahlen, um die Sache zu vertuschen. Mein Bruder und ich hielten das Ganze für eine Marotte meines Vaters; aber die Ereignisse, die folgten, sollten uns eines Besseren belehren.

Anfangs 1882 erhielt mein Vater einen Brief aus Indien, der ihm einen großen Schreck versetzte. Als er ihn am Frühstückstisch öffnete, fiel er beinahe in Ohnmacht, und von jenem Tage an kränkelte er dem Tod entgegen. Was in dem Brief stand, erfuhren wir nie; aber als ihn mein Vater in der Hand hielt, sah ich, daß er kurz und daß die Handschrift krakelig war. Vater hatte schon seit Jahren an Milzschwellung gelitten, nun aber verschlimmerte sich sein Zustand rasch, und gegen Ende April teilte man uns mit, daß es für ihn keine Hoffnung mehr gab und daß er eine letzte Aussprache mit uns wünschte.

Als wir zu ihm ins Zimmer traten, saß er, von Kissen gestützt, da und atmete schwer. Er beschwor uns, die Tür abzuschließen und zu beiden Seiten an sein Bett zu treten. Dann faßte er uns bei den Händen und machte mit einer von Gemütsbewegung und Schmerzen gebrochenen Stimme das folgende bemerkenswerte Geständnis, das ich Ihnen soweit als möglich in seinen eigenen Worten wiedergeben will.

›Es gibt nur eines‹, hob er an, ›was mir im Angesicht des Todes auf der Seele lastet: mein Verhalten gegenüber der Waise des armen Morstan. Die verfluchte Geldgier, von der ich mein Leben lang besessen war, hat ihr einen Schatz vorenthalten, dessen Hälfte zumindest ihr zustand. Und dabei habe ich selbst gar keinen Gebrauch davon gemacht, so blind und töricht ist der Geiz. Das bloße Gefühl des Besitzens war mir so teuer, daß ich es nicht ertragen konnte, es zu teilen. Seht ihr das Perlendiadem dort neben der Chininflasche? Selbst davon vermochte ich mich nicht zu trennen, obwohl ich es in der Absicht hervorgeholt hatte, es Morstans Tochter zu schicken. Ihr, meine Söhne, werdet Morstans Tochter einen gerechten Anteil am Agra-Schatz geben. Aber sendet ihr nichts, auch nicht das Diadem, bevor ich unter der Erde liege. Denn es ist schließlich schon vorgekommen, daß kränkere Leute als ich sich wieder erholt haben.

Ich will euch erzählen, wie Morstan den Tod fand‹, fuhr er fort. ›Er hatte schon seit Jahren ein schwaches Herz, was er aber vor aller Welt verheimlichte. Ich allein wußte davon. In Indien waren wir beide durch eine seltsame Verkettung von Umständen in den Besitz eines bedeutenden Schatzes gelangt. Diesen hatte ich nach England gebracht, und als Morstan hier eintraf, suchte er mich noch am selben Abend auf, um seinen Anteil zu verlangen. Er kam zu Fuß vom Bahnhof hierher und wurde von meinem getreuen alten Lal Chowdar eingelassen, der nun nicht mehr unter uns weilt. Morstan und ich konnten uns nicht einigen, wie der Schatz geteilt werden sollte, und es kam zu einer hitzigen Auseinandersetzung. Morstan war eben von rasender Wut gepackt aus seinem Stuhl gesprungen; da plötzlich preßte er die Hand auf die Brust, sein Gesicht wurde aschfahl, und er fiel rücklings zu Boden, wobei er mit dem Kopf gegen eine Ecke der Schatztruhe schlug. Als ich mich über ihn beugte, stellte ich mit Entsetzen fest, daß er tot war.

Lange Zeit saß ich benommen da und wußte weder aus noch ein. Mein erster Impuls war natürlich, Hilfe herbeizuholen, aber dann wurde mir klar, daß ich mit größter Wahrscheinlichkeit des Mordes bezichtigt würde. Die Tatsache, daß er während eines Streites gestorben war, und die klaffende Wunde an seinem Hinterkopf würden mich aufs schwerste belasten. Außerdem kämen bei einer offiziellen Untersuchung zwangsläufig gewisse Einzelheiten in Zusammenhang mit dem Schatz ans Licht, die ich um jeden Preis geheimhalten wollte. Morstan hatte mir gesagt, daß keine Menschenseele wußte, wohin er gegangen war, und ich sah nicht ein, warum je eine Menschenseele davon erfahren sollte.

Ich brütete noch über der Sache, als ich aufblickte und meinen Diener Lal Chowdar in der Tür stehen sah. Er kam verstohlen herein und verriegelte die Tür hinter sich. 'Sei ohne Furcht, *Sahib*', sagte er. 'Niemand braucht zu erfahren, daß du ihn umgebracht hast. Wir wollen ihn beiseite schaffen, und wer sollte uns dann auf die Schliche kommen?' – 'Ich habe ihn nicht umgebracht', erwiderte ich. Lal Chowdar schüttelte lächelnd den Kopf. 'Ich habe alles gehört, *Sahib*', sagte er. 'Ich habe euch streiten gehört, und ich habe den Schlag gehört. Aber meine Lippen sind versiegelt. Das ganze Haus liegt in tiefem Schlaf. Schaffen wir ihn gemeinsam fort.' Damit war die Sache entschieden. Wenn nicht einmal mein eigener Diener an meine Unschuld glaubte, wie konnte ich dann hoffen, ein Geschworenengericht von zwölf dummen Handwerkern zu überzeugen? In jener Nacht beseitigten Lal Chowdar und ich die Leiche, und schon nach wenigen Tagen waren alle Londoner Zeitungen voll von dem geheimnisvollen Verschwinden Captain Morstans. Aus dem, was ich euch erzählt habe, könnt ihr ersehen, daß ich mir in dieser Sache kaum etwas vorzuwerfen habe. Gefehlt habe ich darin, daß ich nicht nur die Leiche, sondern auch den Schatz verschwinden ließ und daß ich mich an Morstans Anteil klammerte wie an meinen eigenen. Es ist deshalb mein Wille, daß ihr Rückerstattung leistet. Neigt eure Ohren zu mir. Das Versteck des Schatzes ist ...‹

In diesem Augenblick ging eine schreckliche Veränderung in seinem Gesicht vor; seine Augen starrten wild, sein Kiefer sackte herab, und er schrie mit einer Stimme, die ich nie vergessen werde: ›Laßt ihn nicht rein! Um Gottes Willen, laßt ihn nicht rein!‹ Wir fuhren herum und schauten zu dem Fenster, auf dem sein starrer Blick lag. Ein Gesicht blickte aus der Dunkelheit zu uns herein. Wir sahen eine Nase, die sich weiß gegen das Glas preßte, Bart, Haare und wilde, grausame Augen, in denen der Ausdruck geballter Feindseligkeit lag. Mein Bruder und ich stürzten ans Fenster, aber der Mann war bereits verschwunden. Als wir zu meinem Vater zurückkehrten, war ihm der Kopf auf die Brust gesunken, und sein Herz hatte aufgehört zu schlagen.

Noch am selben Abend durchsuchten wir den Garten, fanden jedoch keine Spur von dem Eindringling außer einem Fußabdruck in einem Blumenbeet unter dem Fenster. Ohne diesen Anhaltspunkt hätten wir die wilde, grimmige Fratze wohl für eine Ausgeburt unserer Phantasie gehalten. Bald schon erhielten wir jedoch einen weiteren und handgreiflicheren Beweis dafür, daß um uns her dunkle Mächte am Werk waren. Am nächsten Morgen stand das Fenster zum Zimmer meines Vaters offen, all seine Schränke und Truhen waren durchwühlt, und auf seiner Brust war ein Fetzen Papier befestigt worden, auf den die Worte ›Das Zeichen der Vier‹ gekrakelt waren. Was diese Worte bedeuten und wer unser heimlicher Besucher gewesen sein mag, wissen wir bis heute nicht. Soweit wir feststellen konnten, war nichts, was meinem Vater gehörte, entwendet worden, obwohl das Unterste zuoberst gekehrt war. Natürlich brachten mein Bruder und ich diesen merkwürdigen Vorfall in Verbindung mit der Furcht, von der mein Vater zu seinen Lebzeiten besessen gewesen war; dennoch ist uns das Ganze zutiefst rätselhaft geblieben.«

Der kleine Mann unterbrach seine Geschichte, um die Huka wieder in Brand zu stecken, dann paffte er eine Zeitlang in Gedanken versunken vor sich hin. Wir alle hatten seiner außergewöhnlichen Erzählung gebannt gelauscht. Bei dem kurzen Bericht vom Tod ihres Vaters war Miss Morstan leichenblaß geworden, und ich hatte einen Moment lang gefürchtet, sie würde in Ohnmacht fallen. Sie hatte sich jedoch bald wieder gefangen, nachdem sie ein Glas Wasser getrunken hatte, das ich ihr stillschweigend aus einer venezianischen Karaffe auf dem Beistelltisch neben uns eingeschenkt hatte. Sherlock Holmes saß mit abwesendem Ausdruck in seinen Stuhl zurückgelehnt, seine Lider waren tief über die glitzernden Augen gesenkt. Als ich ihn so dasitzen sah, mußte ich unwillkürlich daran denken, wie bitterlich er sich erst heute noch über die Banalität des Lebens beklagt hatte. Hier jedenfalls fand sich ein Problem, das ihm ein Höchstmaß an Scharfsinn abverlangen würde. Mr. Thaddeus Sholto blickte uns der Reihe nach an, er war offensichtlich stolz auf den Eindruck, den seine Geschichte uns gemacht hatte, und fuhr dann zwischen Zügen aus seiner überdimensionierten Pfeife folgendermaßen fort:

»Wie Sie sich sicher vorstellen können, hatte der Schatz, von dem mein Vater gesprochen hatte, meinen Bruder und mich in große Aufregung versetzt. Während Wochen und Monaten gruben und buddelten wir an allen Ecken und Enden des Gartens danach, ohne ihn zu finden. Es war zum Verrücktwerden, daß mein Vater ausgerechnet in dem Augenblick gestorben war, als ihm der Ort des Versteckes auf der Zunge lag. An der Schönheit des Perlendiadems, das er herausgenommen hatte, konnten wir ermessen, was für Herrlichkeiten da entschwunden waren. Wegen eben dieses Diadems kam es mehrmals zu kleineren Auseinandersetzungen zwischen meinem Bruder und mir. Die Perlen waren offensichtlich sehr wertvoll, und er war nicht gewillt, sich davon zu trennen, denn unter uns gesagt schlägt mein Bruder in dieser Beziehung meinem Vater nach. Er befürchtete auch, wenn wir das Diadem hergäben, würden wir ins Gerede und schließlich in Kalamitäten kommen. Ich brachte ihn aber wenigstens so weit, daß er mir erlaubte, nach Miss Morstans Adresse zu forschen und ihr in regelmäßigen Abständen eine einzelne Perle zu schicken, so daß sie zumindest nie Not leiden müßte.«

»Es war nett von Ihnen, daran zu denken«, sagte unsere Gefährtin ernst, »das war wirklich sehr gütig von Ihnen.«

Der kleine Mann machte eine wegwerfende Handbewegung.

»Wir waren Ihre Treuhänder«, sagte er, »so jedenfalls habe ich die Sache gesehen, wenn auch Bruder Bartholomew darin nicht ganz mit mir übereinstimmte. Wir selber haben Geld in Hülle und Fülle. Was brauche ich mehr? Zudem würde es von äußerst schlechtem Geschmack zeugen, eine junge Dame so schäbig zu behandeln. *Le mauvais goût mène au crime*; die Franzosen haben eine sehr elegante Art, solche Dinge zu formulieren. Jedenfalls entzweiten wir uns so sehr über dieser Angelegenheit, daß ich es für das beste hielt, mir eine eigene Wohnung zu nehmen; ich verließ also *Pondicherry Lodge* und nahm den alten *Khitmutgar* und Williams mit. Gestern nun habe ich erfahren, daß ein Ereignis von außerordentlicher Tragweite eingetreten ist: Der Schatz ist entdeckt worden. Ich setzte mich also unverzüglich mit Miss Morstan in Verbindung, und nun bleibt uns nichts anderes mehr zu tun, als nach Norwood hinauszufahren und unseren Anteil zu fordern. Gestern abend habe ich Bruder Bartholomew meine Ansichten auseinandergesetzt; er wird unseren Besuch also erwarten, wenn auch nicht gerade begrüßen.«

Mr. Thaddeus Sholto hatte geendet und saß zuckend auf seinem luxuriösen Sofa. Wir alle verharrten in Schweigen und sannen der plötzlichen Wendung nach, die dieser rätselhafte Fall genommen hatte. Holmes raffte sich als erster auf.

»Sie haben richtig gehandelt, Sir«, sagte er, »vom Anfang bis zum Ende. Vielleicht können wir uns erkenntlich zeigen, indem wir etwas Licht in jene Dinge bringen, die für Sie noch dunkel sind. Aber – wie Miss Morstan schon vorher bemerkt hat – die Zeit ist fortgeschritten, und wir sollten die Sache ohne Aufschub zu Ende führen.«

Unser neuer Bekannter rollte sorgsam den Schlauch seiner Wasserpfeife auf und holte hinter einem Vorhang einen sehr langen Mantel hervor, dessen Kragen und Manschetten mit Astrachan besetzt waren, knöpfte der schwülen Nacht zum Trotz alle Schlaufen bis oben zu und stülpte sich zum Schluß noch eine Hasenfellmütze mit herunterhängenden Ohrenklappen über, so daß nichts mehr von ihm zu sehen war als sein spitzes, nie zur Ruhe kommendes Gesicht.

»Meine Gesundheit ist ein wenig fragil«, sagte er, während er durch den Flur voranging. »Ich bin gezwungen, wie ein ewiger Rekonvaleszent zu leben.«

Draußen stand die Kutsche für uns bereit, und offenbar war unser Programm schon vorher abgesprochen worden, denn der Kutscher fuhr unverzüglich in scharfem Trab ab. Thaddeus Sholto redete in einem fort, und seine hohe, durchdringende Stimme übertönte das Rattern der Räder.

»Bartholomew ist ein schlauer Bursche«, sagte er. »Was denken Sie wohl, wie er herausgekriegt hat, wo der Schatz versteckt war? Er war zu dem Schluß gekommen, daß das Versteck irgendwo im Innern des Hauses sein mußte. Er berechnete also den Rauminhalt des Hauses und nahm überall Messungen vor, so daß kein Zoll unberücksichtigt blieb. Dabei fiel ihm auf, daß die Höhe des Gebäudes vierundsiebzig Fuß betrug, während die Addition der Höhe der einzelnen übereinanderliegenden Räume nicht mehr als siebzig Fuß ergab, obwohl er die Decken dazwischen, deren Dicke er durch Bohrungen ermittelt hatte, einkalkuliert hatte. Es gab also irgendwo vier Fuß, die von seinen Messungen nicht erfaßt worden waren. Die konnten sich nur zuoberst im Haus befinden. Deshalb schlug er ein Loch in die Putzdecke eines der Zimmer im obersten Stockwerk, und zum Vorschein kam tatsächlich eine kleine zugemauerte Dachkammer, von der niemand etwas gewußt hatte. In der Mitte auf zwei Dachbalken stand die Schatztruhe. Er ließ sie durch das Loch in der Decke herunter, und da steht sie jetzt. Er veranschlagt den Wert der Juwelen auf mindestens eine halbe Million Sterling.«

Als er diese gigantische Summe nannte, starrten wir uns alle mit großen Augen an. Wenn wir Miss Morstans Anspruch durchsetzen konnten, würde aus einer darbenden Gesellschafterin die reichste Erbin Englands. Es ziemte sich freilich für einen treuen Freund, auf diese Nachricht hin in Jubel auszubrechen; und doch muß ich zu meiner Beschämung gestehen, daß Selbstsucht von meiner Seele Besitz ergriff und daß mir das Herz schwer wie Blei wurde. Ich stammelte ein paar holprige Worte der Gratulation und saß dann niedergeschlagen und mit hängendem Kopf da, taub für das Geplapper unseres neuen Bekannten. Er war offensichtlich ein ausgemachter Hypochonder, und ich nahm verschwommen wahr, daß er einen endlosen Schwall von Symptomen auf mich niedergehen ließ und mich um Auskunft über die Zusammensetzung und Wirkungsweise unzähliger Wundermittel bat, von denen er ein paar in einem Lederetui in seiner Tasche bei sich trug. Ich hoffe, er hat die Ratschläge, die ich ihm in jener Nacht gab, gleich vergessen. Holmes behauptet nämlich, gehört zu haben, daß ich ihn eindringlich davor warnte, mehr als zwei Tropfen Rizinusöl einzunehmen, während ich andererseits große Dosen von Strychnin als Beruhigungsmittel empfahl. Wie dem auch sei, ich war jedenfalls froh, als unser Wagen mit einem Ruck anhielt und der Fahrer vom Kutschbock sprang, um uns den Verschlag zu öffnen.

»Miss Morstan, das ist *Pondicherry Lodge*«, sagte Mr. Thaddeus Sholto und reichte ihr die Hand zum Aussteigen.

## 5. DIE TRAGÖDIE VON PONDICHERRY LODGE

Es war beinahe elf Uhr, als wir diese letzte Station unseres nächtlichen Abenteuers erreichten. Wir hatten den feuchten Nebel der großen Stadt hinter uns gelassen, und die Nacht war ziemlich mild. Ein warmer Wind wehte von Westen her, und am Himmel zogen schwere Wolken gemächlich dahin, zwischen denen von Zeit zu Zeit der Halbmond hervorlugte. Es war hell genug, um auf einige Entfernung sehen zu können, aber Thaddeus Sholto nahm eine der Seitenlaternen von der Kutsche mit, um uns auf dem Weg voranzuleuchten.

*Pondicherry Lodge* stand auf einem Grundstück, das von einer sehr hohen, mit Glasscherben besetzten Steinmauer umgeben war. Eine schmale, einflügelige, eisenbeschlagene Tür bildete den einzigen Zugang. Daran pochte unser Führer mit einem eigenartigen Klopfzeichen, das sich ein wenig wie das eines Postboten anhörte.

»Wer da?« rief eine barsche Stimme von innen.

»Ich bin's, McMurdo. Mein Klopfen sollten Sie doch allmählich kennen.«

Man vernahm ein Brummen und dann ein Klirren und Scharren von Schlüsseln. Die Tür schwang schwerfällig zurück, im Eingang erschien ein untersetzter Mann mit einem mächtigen Brustkasten und blinzelte mit vorgerecktem Kopf mißtrauisch in den gelben Lichtstrahl unserer Laterne.

»Sie sind's, Mr. Thaddeus! Aber wer sind die andern da? Was die angeht, so hab ich keine Anweisungen vom Herrn.«

»Wirklich nicht, McMurdo? Das erstaunt mich aber! Ich habe meinem Bruder gestern abend nämlich gesagt, daß ich ein paar Freunde mitbringen würde.«

»Er hat heut keinen Fuß vor sein Zimmer gesetzt, Mr. Thaddeus, und ich hab keine Anweisungen. Sie wissen ganz genau, daß ich mich an die Vorschriften halten muß. Sie kann ich reinlassen, aber Ihre Freunde, die müssen da bleiben, wo sie sind.«

Das war ein unerwartetes Hindernis. Thaddeus Sholto blickte verwirrt und hilflos um sich.

»Das ist nicht recht von Ihnen, McMurdo«, sagte er. »Wenn ich mich für sie verbürge, dann sollte Ihnen das genügen. Zudem haben wir noch diese junge Dame bei uns; die können Sie doch um diese Zeit nicht draußen auf der Straße stehen lassen!«

»Tut mir leid, Mr. Thaddeus«, sagte der Pförtner unerbittlich. »Wenn einer 'n Freund von Ihnen ist, heißt das noch lange nicht, daß er auch 'n Freund vom Herr ist. Ich krieg mein Geld dafür, daß ich meine Pflicht tu, und die tu ich auch, jawoll. Ich kenn kein von Ihren Freunden nicht.«

»Oh, doch, McMurdo!« rief Sherlock Holmes herzlich. »Mich können Sie doch nicht vergessen haben. Erinnern Sie sich nicht mehr an den Amateur, der anläßlich Ihres Benefizabends in *Alison's Rooms* drei Runden gegen Sie gekämpft hat?«

»Das darf doch nicht wahr sein! Mr. Sherlock Holmes!« brüllte der Preisboxer. »Guter Gott, daß ich Sie nicht erkannt hab! Sie hätten halt reinkommen und mir einen von Ihren Cross-Hieben unters Kinn geben müssen, statt bloß so stumm und steif da rumzustehn, dann hätt's mir gleich gedämmert. Ach, Sie sind auch so einer, wo sein Talent verplempert, jawoll, das sind Sie! Sie hätten's weit gebracht, wenn Sie bei uns voll eingestiegen wären.«

»Sie sehen, Watson, wenn alles andere fehlschlagen sollte, steht mir immer noch diese Art wissenschaftlicher Laufbahn offen«, sagte Holmes lachend. »Ich bin sicher, unser Freund wird uns nun nicht länger in der Kälte draußen stehenlassen.«

»Rein mit Ihnen, Sir, nur rein mit Ihnen, und mit Ihren Freunden auch«, erwiderte er. »Tut mir leid, Mr. Thaddeus, aber ich hab ganz strikte Anweisungen. Mußte erst sicher sein wegen Ihren Freunden, bevor ich sie reinlaß.«

Hinter der Tür wand sich ein Kiesweg durch ödes Gelände zu einem mächtigen Klotz von Haus, einem quadratischen, nüchternen Gebäude, das in völliger Dunkelheit lag, bis auf die eine Ecke, wo ein Mondstrahl ein Mansardenfenster aufleuchten ließ. Die enorme Größe des Hauses und die Düsternis und Totenstille, von der es umgeben war, ließen unsere Herzen erschauern. Auch Thaddeus Sholto schien sich unbehaglich zu fühlen, und die Laterne zitterte und klapperte in seiner Hand.

»Ich verstehe das nicht«, sagte er. »Da muß irgendein Mißverständnis vorliegen. Ich habe Bartholomew ausdrücklich gesagt, daß wir kommen würden, und doch kann ich in seinem Zimmer kein Licht erkennen. Ich weiß wirklich nicht, was ich davon halten soll.«

»Läßt er das Grundstück immer so streng bewachen?« fragte Holmes.

»Ja, er hat sich die Gewohnheiten meines Vaters zu eigen gemacht. Wissen Sie, er war sein Lieblingssohn, und manchmal habe ich das Gefühl, daß mein Vater ihm mehr anvertraut haben könnte als mir. Das ist Bartholomews Fenster, dort oben, wo der Mondschein hinfällt. Es wirkt ziemlich hell, aber ich glaube nicht, daß das von innen kommt.«

»Keineswegs«, bestätigte Holmes. »Aber ich sehe einen Lichtschimmer in dem kleinen Fenster da neben der Tür.«

»Ach so, das ist das Zimmer der Haushälterin. Da wird wohl die alte Mrs. Bernstone sitzen. Die kann uns sicher sagen, was los ist. Würde es Ihnen etwas ausmachen, ein, zwei Minuten hier zu warten; denn falls sie nicht weiß, daß wir kommen, und wir alle miteinander hineingehen, könnte sie erschrecken. Aber, pscht, was war das?«

Er hielt die Laterne hoch, und seine Hand zitterte so sehr, daß der Lichtkreis, in dem wir standen, sich zuckend und schwankend um uns zu drehen begann. Miss Morstan griff nach meinem Handgelenk, und wir alle standen da mit klopfenden Herzen und lauschten angestrengt. Aus dem großen, schwarzen Haus drang das jämmerlichste und herzzerreißendste aller Geräusche durch die Stille der Nacht – das schrille, abgerissene Wimmern einer verängstigten Frau.

»Das muß Mrs. Bernstone sein«, sagte Sholto. »Sie ist die einzige Frau im Haus. Warten Sie hier. Ich bin gleich wieder da.«

Er eilte zur Tür und klopfte auf seine eigentümliche Weise. Wir sahen, daß ihm von einer hochgewachsenen alten Frau geöffnet wurde, die vor lauter Freude zurücktaumelte, als sie seiner ansichtig wurde.

»Oh, Mr. Thaddeus, Sir! Bin ich froh, daß Sie hier sind! Bin ich froh, daß Sie hier sind, Mr. Thaddeus, Sir!«

Ihre Freudenbezeugungen wiederholten sich, bis die Tür hinter ihnen geschlossen wurde und ihre Stimme nur noch als gedämpftes Murmeln zu hören war.

Unser Führer hatte uns die Laterne dagelassen. Holmes schwenkte sie nun langsam in alle Richtungen und musterte mit scharfem Blick das Haus und die großen Erdhaufen, welche das Gelände verstellten. Miss Morstan und ich standen eng beisammen, und ihre Hand lag in der meinen. Welch wundersame, unbegreifliche Macht ist doch die Liebe; hier standen wir beide, die wir uns an diesem Tag zum ersten Mal begegnet waren, zwischen denen noch kein Blick, geschweige denn ein Wort der Zuneigung gewechselt worden war – und dennoch fanden sich jetzt, in der Stunde der Bedrängnis, unsere Hände wie von selbst. Später habe ich mich darüber gewundert; damals jedoch war es für mich das Selbstverständlichste der Welt, mich ihr so nahe zu fühlen, und, wie sie mir später oft versichert hat, auch sie hatte sich instinktiv mir zugewandt, um Schutz und Trost zu suchen. So standen wir da, Hand in Hand wie zwei Kinder, und Friede war in unseren Herzen, trotz all des Düsteren, das uns umgab.

»Was für ein sonderbarer Ort«, sagte sie, während sie um sich blickte.

»Es sieht aus, als ob sämtliche Maulwürfe Englands hier losgelassen worden wären. Ich habe einmal Ähnliches gesehen, am Hang eines Hügels in der Nähe von Ballarat, wo Goldgräber am Werk gewesen waren.«

»Genau das ist auch hier der Fall«, sagte Holmes. »Das

sind die Spuren der Schatzgräber. Sie dürfen nicht vergessen, daß sie sechs Jahre lang nach dem Schatz gesucht haben. Kein Wunder, daß es hier aussieht wie eine Kiesgrube.«

In diesem Moment flog die Haustür auf, und Thaddeus Sholto kam herausgestürzt mit weit nach vorn gereckten Händen und schreckerfülltem Blick.

»Mit Bartholomew ist etwas nicht in Ordnung!« schrie er. »Ich fürchte mich! Das stehen meine Nerven nicht durch!«

Tatsächlich schluchzte er beinahe vor Angst, und sein mattes, zuckendes Gesicht, das aus dem großen Astrachan-Kragen hervorlugte, hatte den hilflosen, flehenden Blick eines verängstigten Kindes angenommen.

»Gehen wir ins Haus«, sagte Holmes in seiner knappen, bestimmten Art.

»Ja, kommen Sie mit!« bettelte Thaddeus Sholto. »Ich fühle mich völlig außerstande, irgendwelche Anweisungen zu geben.«

Wir folgten ihm alle zum Zimmer der Haushälterin, das zur Linken des Ganges lag. Die alte Frau ging mit verstörtem Gesicht und rastlos herumnestelnden Fingern im Zimmer auf und ab, aber der Anblick von Miss Morstan schien tröstlich auf sie zu wirken.

»Gott segne Ihr liebes, ruhiges Gesicht«, rief sie, hysterisch aufschluchzend. »Es tut mir so wohl, Sie zu sehen. Ach, dieser Tag hat mir aber auch zu arg zugesetzt!«

Unsere Gefährtin tätschelte ihr die magere, abgearbeitete Hand und murmelte ein paar Worte warmen fraulichen Zuspruchs, worauf etwas Farbe in die blutleeren Wangen der Haushälterin zurückkehrte.

»Der Herr hat sich im Zimmer eingeschlossen und gibt keine Antwort«, erklärte sie. »Ich habe den ganzen Tag lang darauf gewartet, daß er etwas von sich hören läßt, denn er will oft in Ruhe gelassen werden. Aber vor einer Stunde begann ich zu fürchten, daß etwas nicht in Ordnung sei, und ging hinauf, um einen Blick durchs Schlüsselloch zu werfen. Gehen Sie hinauf, Mr. Thaddeus, gehen Sie hinauf und sehen Sie selbst.

Ich habe Mr. Bartholomew zehn Jahre lang gesehen, in guten und in bösen Zeiten, aber noch nie hat er so ein Gesicht gemacht wie jetzt eben.«

Sherlock Holmes nahm die Lampe und ging voran, denn Thaddeus Sholto klapperte mit den Zähnen und war dermaßen aufgewühlt, daß er sich, als wir die Treppe hinaufstiegen, auf meinen Arm stützen mußte, weil seine Knie unter ihm nachgaben. Auf dem Weg nach oben zückte Holmes zweimal sein Vergrößerungsglas und untersuchte sorgfältig einige Spuren, die für mich nichts weiter zu sein schienen als ein paar unförmige Schmutzflecken auf der Kokosmatte, die als Treppenläufer diente. Er ging langsam Stufe um Stufe die Treppe hinauf, hielt die Lampe tief und schoß forschende Blicke nach rechts und nach links. Miss Morstan war indessen bei der verängstigten Haushälterin zurückgeblieben.

Die dritte Treppenflucht mündete in einen ziemlich langen, geraden Gang mit einem riesigen indischen Wandteppich zur Rechten und drei Türen zur Linken. Holmes schritt ihn auf dieselbe langsame und systematische Weise ab; wir folgten ihm dicht auf den Fersen, während unsere langen, schwarzen Schatten in der Gegenrichtung den Korridor entlangfluteten. Die dritte Tür war die gesuchte. Holmes klopfte an, ohne daß irgendeine Reaktion erfolgte, worauf er versuchte, den Knauf zu drehen und die Tür aufzudrücken. Diese war jedoch von innen verschlossen, und zwar – wie sich zeigte, als wir die Lampe dicht daranhielten – mit einem kräftigen, breiten Riegel. Der Schlüssel war indessen so im Schloß gedreht, daß die Sicht durchs Schlüsselloch nicht vollständig blockiert war. Sherlock Holmes bückte sich, schnellte aber scharf einatmend gleich wieder hoch.

»Hier ist was Teuflisches im Gange, Watson«, sagte er und schien tiefer bewegt, als ich es je zuvor an ihm gesehen hatte. »Was meinen Sie dazu?«

Ich neigte mich zu dem Schlüsselloch und fuhr mit Schaudern zurück. Der Mond schien ins Zimmer und tauchte es in ein diffuses, unbeständiges Licht. Mir direkt entgegenblickend und gleichsam in der Luft schwebend, denn alles, was sich unterhalb befinden mochte, lag im Dunkeln, hing da ein Gesicht: das Gesicht unseres Gefährten Thaddeus. Derselbe hohe, glänzende Schädel, derselbe Kranz von roten Borsten, dasselbe blutleere Antlitz. Die Züge waren jedoch erstarrt zu einem schauderhaften Lächeln, einem reglosen, gefrorenen Grinsen, das in der Szenerie dieses totenstillen, mondbeschienenen Raumes die Nerven stärker angriff als eine noch so grimmige oder verzerrte Fratze. So sehr glich dieses Gesicht dem unseres kleinen Freundes, daß ich mich nach ihm umdrehte, um sicherzugehen, daß er wirklich bei uns war. Dann fiel mir ein, daß er erwähnt hatte, er und sein Bruder seien Zwillinge.

»Das ist ja grauenhaft!« sagte ich zu Holmes. »Was sollen wir tun?«

»Die Tür aufbrechen«, antwortete er und warf sich mit seinem ganzen Gewicht gegen das Schloß.

Es ächzte und knarrte, gab jedoch nicht nach. Zu zweit rannten wir erneut dagegen, und diesmal sprang die Tür mit einem jähen Schnappen auf, und wir standen in Bartholomew Sholtos Kammer.

Augenscheinlich hatte er sich ein chemisches Laboratorium darin eingerichtet. An der Wand gegenüber der Tür standen zwei Reihen mit Glasstöpseln verschlossener Flaschen, und der Tisch war mit Bunsenbrennern, Reagenzgläsern und Retorten vollgestellt. In den Ecken standen bauchige Korbflaschen, die Säure enthalten mochten. Eine davon war offenbar undicht oder zerbrochen, denn ein dunkel gefärbtes Rinnsal sickerte daraus hervor, und die Luft war stickig und von einem merkwürdig beißenden, an Teer gemahnenden Geruch erfüllt. Eine Bockleiter stand inmitten von abgeschlagenem Stuck und Lattenwerk auf der einen Seite des Zimmers, und in der Decke darüber befand sich eine Öffnung, die gerade groß genug war, um einen Mann durchzulassen. Am Fuß der Leiter lag, in unordentlichen Windungen hingeworfen, ein langes Seil.

An dem Tisch in einem hölzernen Lehnstuhl saß zusammengefallen der Herr des Hauses. Der Kopf war ihm auf die linke Schulter gesunken, und auf seinem Gesicht lag dieses gräßliche, unergründliche Lächeln. Er fühlte sich starr und kalt an und war zweifellos schon seit mehreren Stunden tot. Ich hatte den Eindruck, daß nicht nur seine Züge, sondern auch all seine Gliedmaßen auf die bizarrste Art und Weise verdreht und verrenkt waren. Neben seiner Hand auf dem Tisch lag ein merkwürdiger Gegenstand: ein brauner, fein gemaserter Stock, an dessen Ende ein Stein wie das Kopfstück eines Hammers mit grober Schnur festgezurrt war. Daneben lag ein abgerissenes Stück Notizpapier, auf das ein paar Worte gekritzelt waren. Holmes warf einen Blick darauf und überreichte es dann mir.

»Da haben wir's«, sagte er mit bedeutungsvoll hochgezogenen Augenbrauen.

Im Schein der Laterne las ich mit einem Schauer des Grauens die Worte »Das Zeichen der Vier«.

»Um Gottes willen, was hat das alles zu bedeuten?« fragte ich.

»Es bedeutet Mord«, antwortete er, während er sich über den Toten beugte. »Aha, das habe ich erwartet. Sehen Sie sich einmal das an!«

Er deutete mit dem Finger auf etwas, das aussah wie ein langer, dunkler Dorn und direkt über dem Ohr in der Haut stak.

»Das sieht wie ein Dorn aus«, sagte ich.

»Das ist ein Dorn. Sie können ihn herausziehen. Aber seien Sie vorsichtig, er ist vergiftet.«

Ich faßte das Ding vorsichtig zwischen Daumen und Zeigefinger, und es ließ sich so leicht aus der Haut ziehen, daß kaum ein Mal zurückblieb. Nur ein winziger blutroter Punkt zeigte an, wo der Einstich gesessen hatte.

»Für mich ist das alles ein unlösbares Rätsel«, sagte ich. »Statt klarer wird es immer undurchsichtiger.«

»Ganz im Gegenteil«, erwiderte er, »es klärt sich mehr und mehr auf. Mir fehlen nur noch wenige Glieder in der Kette, dann ist der Fall lückenlos rekonstruiert.«

Seit wir uns in dem Zimmer befanden, hatten wir die Anwesenheit unseres Gefährten beinahe vergessen. Er stand noch immer wie das leibhaftige Entsetzen in der Tür, rang die Hände und stöhnte leise vor sich hin. Plötzlich jedoch stieß er ein gellendes Jammergeheul aus.

»Der Schatz ist verschwunden!« rief er. »Sie haben ihm den Schatz geraubt! Dort ist das Loch, durch das wir ihn heruntergelassen haben. Ich habe ihm dabei geholfen! Ich bin der letzte, der ihn lebend gesehen hat! Als ich gestern abend gegangen bin, hörte ich beim Hinuntergehen, wie er die Tür hier abschloß.«

»Um wieviel Uhr war das?«

»Um zehn Uhr. Und jetzt ist er tot, und die Polizei wird eingeschaltet werden, und mich wird man verdächtigen, die Hand im Spiel gehabt zu haben. Ja, ganz bestimmt wird man mich verdächtigen. Aber Sie, Gentlemen, glauben dies doch nicht, oder? Sie werden doch nicht glauben, daß ich es war? Hätte ich Sie dann wohl hierhergebracht, wenn ich es gewesen wäre? Oje, oje! Ich werde noch verrückt, ich weiß das!«

Von einer Art konvulsivischer Raserei ergriffen, begann er, mit den Armen in der Luft herumzufuchteln und mit den Füßen zu stampfen.

»Sie haben nichts zu befürchten, Mr. Sholto«, sagte Holmes freundlich und legte ihm die Hand auf die Schulter. »Wenn ich Ihnen einen Rat geben darf, so fahren Sie jetzt gleich zum Polizeiposten und erstatten Meldung von der Sache. Bieten Sie der Polizei jede erdenkliche Unterstützung an. Wir werden hier warten, bis Sie wieder zurück sind.«

Halb betäubt gehorchte der kleine Mann, und wir hörten ihn im Dunkeln die Treppe hinunterstolpern.

# 6. SHERLOCK HOLMES GIBT EINE DEMONSTRATION

So, Watson«, sagte Holmes händereibend, »jetzt haben wir eine halbe Stunde für uns, die wollen wir gut nutzen. Ich habe meinen Fall, wie bereits gesagt, beinahe unter Dach und Fach, aber wir wollen uns davor hüten, allzu siegessicher zu sein. Wie einfach sich der Fall im Augenblick auch ausnehmen mag, so ist doch nicht auszuschließen, daß etwas Verwickelteres dahintersteckt.«

»Einfach?« stieß ich hervor.

»Gewiß«, antwortete er mir im Tone eines Professors im Klinikum, der seinen Studenten etwas erläutert. »Nehmen Sie doch dort drüben in der Ecke Platz, damit Ihre Fußabdrücke die Sache nicht unnötig komplizieren. Und jetzt ans Werk! Zuerst einmal: Wie sind diese Herrschaften hereingekommen, und wie sind sie wieder verschwunden? Die Tür ist seit gestern abend nicht geöffnet worden. Wie steht es mit dem Fenster?« Er ging mit der Laterne zum Fenster hinüber und kommentierte dann fortlaufend, was er gerade für Beobachtungen machte, sprach aber mehr zu sich selbst denn zu mir. »Fenster von innen verriegelt. Solider Rahmen. Keine Scharniere auf der Seite. Dann wollen wir es mal öffnen . . . Kein Regenrohr in der Nähe. Dach klar außer Reichweite. Und doch ist ein Mann durch das Fenster eingestiegen. Es hat gestern nacht ein wenig geregnet. Hier auf dem Fensterbrett zeichnet sich eine lehmige Fußspur ab. Und hier sehe ich einen kreisförmigen, schmutzigen Abdruck, hier auf dem Fußboden noch einen, und hier neben dem Tisch schon wieder einen. Sehen Sie sich das an, Watson! Das gibt wahrlich eine sehr hübsche kleine Demonstration her.«

Ich betrachtete die klar umrissenen Schmutzkreise.

»Das sind keine Fußspuren«, bemerkte ich.

»Nein, es ist etwas, das für uns von unvergleichlich viel größerem Wert ist: der Abdruck eines Holzstumpfes. Sehen Sie, hier auf dem Fensterbrett haben wir einen Stiefelabdruck – er stammt von einem schweren Stiefel mit einem breiten, metallbeschlagenen Absatz – und gleich daneben ist der Abdruck des Stelzbeins.«

»Der Mann mit dem Holzbein!«

»Genau. Aber außer ihm war noch jemand da; ein außerordentlich geschickter und tüchtiger Verbündeter. Wäre es Ihnen möglich, diese Wand emporzuklettern, Doktor?«

Ich streckte den Kopf aus dem Fenster. Unsere Ecke des Hauses war noch immer hell vom Mond erleuchtet. Wir befanden uns gut sechzig Fuß über dem Erdboden, und wohin ich meinen Blick auch wendete, ich konnte nichts entdecken, was dem Fuß Halt geboten hätte, nicht einmal eine Ritze im Gemäuer.

»Das ist absolut unmöglich«, erwiderte ich.

»Ohne Hilfe ganz gewiß. Aber nehmen Sie einmal an, Sie hätten einen Freund hier oben, der Ihnen jenes gute, kräftige Seil, das dort in der Ecke liegt, herunterließe und das eine Ende an dem großen Haken da an der Wand festmachte; ich glaube, dann könnte es Ihnen, dem Holzbein zum Trotz, gelingen, heraufzuklimmen, vorausgesetzt, Sie wären ein rüstiger Mann. Zurück würden Sie natürlich auf demselben Weg gelangen. Ihr Verbündeter würde danach das Seil heraufziehen, es vom Haken lösen, das Fenster wieder schließen und verriegeln und sich dann auf dieselbe Weise entfernen, wie er gekommen ist. Als einen Punkt von sekundärer Bedeutung wollen wir festhalten«, fuhr er fort, während er das Seil durch seine Finger gleiten ließ, »daß unser Freund mit dem Holzbein zwar recht gewandt im Tauklettern, jedoch kein Seemann von Beruf ist. Seine Hände sind alles andere als verhornt. Mein Vergrößerungsglas offenbart mir manch einen Blutfleck, besonders gegen das Ende des Seiles hin, was darauf schließen läßt, daß der Mann mit einer solchen Geschwindigkeit daran hinuntergerutscht ist, daß er sich die Hände aufgeschunden hat.«

»Das ist ja alles gut und schön«, wandte ich ein, »aber dadurch wird die Sache undurchsichtiger denn je. Was hat es mit diesem mysteriösen Verbündeten auf sich? Und wie soll der ins Zimmer gelangt sein?«

»Ja, ja, der Verbündete«, wiederholte Holmes nachdenklich. »Es gibt einige interessante Details im Zusammenhang mit diesem Verbündeten. Er hebt diesen Fall über die Ebene des Alltäglichen hinaus. Ich vermute, daß mit ihm ein neues Blatt in den Annalen des Verbrechens in diesem Land beginnt – wenn sich auch unwillkürlich der Gedanke an Parallelfälle in Indien und, wenn mich die Erinnerung nicht trügt, in Senegambia aufdrängt.«

»Also, wie ist er hereingelangt?« hakte ich nach. »Die Tür ist verschlossen, das Fenster läßt sich nicht erreichen. Etwa durch den Schornstein?«

»Dazu ist die Kaminöffnung viel zu eng«, antwortete er. »Ich habe diese Möglichkeit bereits erwogen.«

»Wie dann?« insistierte ich.

»Sie wollen und wollen meine Regel nicht anwenden«, sagte er kopfschüttelnd. »Wie oft habe ich Ihnen schon erklärt, daß Sie lediglich all das, was unmöglich ist, auszuschließen brauchen, und was dann übrigbleibt, *mag es auch noch so unwahrscheinlich sein,* muß die Lösung sein. Wir wissen, daß er weder durch die Tür noch durch das Fenster noch durch den Kamin hereingelangt ist. Wir wissen ebenfalls, daß er sich nicht im Zimmer versteckt haben kann, weil es da keinen Ort sich zu verstecken gibt. Woher also muß er gekommen sein?«

»Durch das Loch in der Decke!« rief ich.

»Natürlich. So und nicht anders muß es gewesen sein. Wenn Sie so freundlich sein wollten, mir mit der Laterne zu leuchten, werden wir unsere Untersuchung jetzt auf den Raum über uns ausdehnen, auf das Geheimgemach, in dem der Schatz gefunden wurde.«

Er stieg auf die Bockleiter, hielt sich zu beiden Seiten an einem Dachbalken fest und schwang sich daran in die Dachkammer hinauf. Dort legte er sich platt auf den Boden, langte herunter, um mir die Laterne abzunehmen, und leuchtete mir damit, während ich zu ihm hinaufkletterte.

Der Raum, in dem wir uns nun befanden, maß ungefähr zehn Fuß in der einen Richtung und sechs Fuß in der anderen. Den Fußboden bildeten die Dachbalken mit einer dünnen Schicht aus Lattenwerk und Mörtel dazwischen, so daß man beim Gehen große Schritte von einem Balken zum andern nehmen mußte. Die Wände liefen oben zu einem Scheitelpunkt zusammen und waren offensichtlich die innere Verschalung des Hausdaches. Der Raum war gänzlich unmöbliert, und der Staub von Jahren lag in einer dicken Schicht auf dem Fußboden.

»Schauen Sie, da haben wir's«, sagte Sherlock Holmes und legte die Hand gegen die Wandschrägung. »Dies hier ist eine Luke, die aufs Dach hinausführt. Ich kann sie aufstoßen – und da ist schon das Dach, das hier nur sanft abfällt. Das also ist der Weg, auf dem Nummer eins ins Haus gekommen ist. Wir wollen sehen, ob sich noch mehr Spuren finden, die uns etwas über seine Person verraten können.«

Er hielt die Lampe dicht über dem Fußboden, und zum zweiten Mal in dieser Nacht sah ich einen Ausdruck der Verwirrung und Bestürzung auf sein Gesicht treten. Ich folgte seinem Blick und fühlte meine Haut unter den Kleidern eiskalt werden. Der Boden war dicht bedeckt mit Abdrücken eines nackten Fußes; deutlichen, klar umrissenen, wohlgeformten Abdrücken – nur daß sie kaum halb so groß waren wie die eines durchschnittlichen Mannes.

»Holmes«, sagte ich mit unterdrückter Stimme, »diese Greueltat hat ein Kind begangen.«

Er war bereits wieder ganz Herr seiner selbst.

»Im ersten Augenblick war ich ja baff«, sagte er, »aber es gibt eine ganz natürliche Erklärung für die Sache. Mein Gedächtnis hat mich im Stich gelassen, sonst hätte ich das voraussehen müssen. Es gibt hier für uns nichts weiter zu erfahren. Gehen wir wieder hinunter.«

»Was haben Sie denn für eine Theorie zu diesen Fußspuren?« fragte ich wißbegierig, als wir uns wieder im Zimmer unten befanden.

»Mein lieber Watson, wagen Sie sich doch selbst an eine kleine Analyse«, sagte er mit einem Anflug von Ungeduld. »Meine Methoden sind Ihnen bekannt. Wenden Sie sie an, und es wird interessant sein, die Ergebnisse zu vergleichen.«

»Ich kann mir nichts denken, was sich mit den Fakten decken würde«, erwiderte ich.

»Es wird Ihnen noch früh genug ein Licht aufgehen«, sagte er in seiner saloppen Art. »Ich glaube nicht, daß wir hier noch etwas von Belang finden werden, aber ich will mich doch noch vergewissern.«

Er zückte sein Vergrößerungsglas und ein Meßband und begann, auf den Knien im Zimmer hin und her rutschend, Messungen, Vergleiche und Untersuchungen anzustellen, wobei seine lange, dünne Nase nur ein paar wenige Zoll von den Dielen entfernt war und seine Augen den glänzenden, tiefliegenden Knopfaugen eines Vogels glichen. Seine Bewegungen waren wie die eines abgerichteten Bluthundes, der eine Witterung aufnimmt, so flink, geräuschlos und verstohlen, daß ich nicht umhin konnte, mir auszumalen, was für ein furchtbarer Verbrecher er geworden wäre, wenn er all seine Tatkraft und seinen Scharfsinn gegen das Gesetz gerichtet hätte, statt sie zu dessen Schutz einzusetzen. Während seine Jagd ihn im Zimmer umhertrieb, murmelte er ohne Unterlaß vor sich hin, und schließlich stieß er einen lauten Freudenschrei aus.

»Wir haben wirklich Glück«, sagte er. »Jetzt kann uns nicht mehr viel danebengehen. Nummer eins hatte das Pech, in das Kreosot zu treten. Die Kante eines seiner kleinen Füße zeichnet sich hier am Rand dieser übelriechenden Pfütze ab. Sehen Sie, die Korbflasche da hat einen Sprung, deshalb ist das Zeug ausgelaufen.«

»Und was weiter?« fragte ich.

»Nun, damit haben wir ihn, das ist alles«, antwortete er. »Ich kenne einen Hund, der diesem Geruch bis ans Ende der Welt folgen würde. Wenn eine Meute Hunde die Spur eines nachgeschleiften Herings durch eine ganze Grafschaft hindurch verfolgen kann, über welche Distanz hinweg kann dann ein speziell dafür abgerichteter Hund einen so beißenden Geruch wie diesen aufspüren? Das klingt wie ein einfacher Dreisatz. Das Resultat wird uns... Aber hallo, da sind ja auch schon die beglaubigten Vertreter von Recht und Ordnung!«

Von unten her vernahm man schwere Schritte und laut dröhnende Stimmen, dann fiel die Haustür mit heftigem Krachen ins Schloß.

»Bevor die heraufkommen, legen Sie einmal Ihre Hand hier auf den Arm des armen Teufels, und dann hier auf sein Bein«, wies Holmes mich an. »Was stellen Sie fest?«

»Die Muskeln sind steif wie ein Brett«, antwortete ich.

»Ganz recht. Sie befinden sich in einem Zustand äußerster Kontraktion, die weit über einen normalen *rigor mortis* hinausgeht. Dies im Verein mit dem verzerrten Gesicht, diesem Hippokratischen Lächeln oder *risus sardonicus,* wie die Schriftsteller der Antike es zu nennen pflegten – zu welchem Schluß führt Sie das?«

»Tod durch ein starkes pflanzliches Alkaloid«, antwortete ich, »eine strychninähnliche Substanz, die einen Starrkrampf hervorruft.«

»Genau dieser Gedanke ist mir auch gekommen, als ich die verzerrte Gesichtsmuskulatur zum ersten Mal erblickte. Als wir dann das Zimmer betraten, ging ich zuerst der Frage nach, auf welche Weise das Gift in den Organismus eingedrungen war. Wie Sie gesehen haben, entdeckte ich dabei einen Dorn, der mit nicht allzu großer Wucht in die Kopfhaut getrieben oder geschossen worden war. Es wird Ihnen nicht entgangen sein, daß die betroffene Körperpartie diejenige war, die dem Loch in der Decke zugewandt gewesen sein muß, wenn der Mann aufrecht in seinem Stuhl saß. Und nun betrachten Sie diesen Dorn einmal genauer.«

Ich faßte ihn überaus vorsichtig und hielt ihn in den Schein der Laterne. Es war ein langer, spitzer, schwarzer Dorn, der um die Spitze herum glänzte, als ob eine zähflüssige Substanz darauf eingetrocknet wäre. Das stumpfe Ende war mit einem Messer beschnitten und abgerundet worden.

»Stammt dieser Dorn aus England?« fragte er.

»Nein, ausgeschlossen.«

»Mit all dem, was Ihnen nun an Informationen vorliegt, sollte es Ihnen nicht schwerfallen, einige wohlbegründete Schlüsse zu ziehen. Aber die regulären Streitkräfte sind im Anmarsch; das heißt, daß die Hilfstruppen zum Rückzug blasen können.«

Er hatte noch nicht ausgeredet, als die Schritte, die sich uns schon seit einer Weile genähert hatten, draußen durch den Gang gepoltert kamen und ein sehr stämmiger, korpulenter Mann in grauem Anzug schwerfällig ins Zimmer stapfte. Er war bullig, hatte ein rotes Gesicht, das auf hohen Blutdruck hindeutete, und hinter seinen wulstigen, aufgedunsenen Tränensäcken blinzelten mit wachem Blick zwei kleine, funkelnde Äuglein hervor. Ein Inspektor in Uniform und der noch immer schlotternde Thaddeus Sholto folgten ihm auf dem Fuße.

»Das ist ja eine Geschichte, eine schöne Geschichte ist das!« rief er mit dumpfer, heiserer Stimme. »Aber wer sind denn all die Leute da? Na, hier geht es ja zu wie in einem Kaninchenstall!«

»Ich nehme an, Sie erinnern sich meiner, Mr. Athelney Jones«, sagte Holmes gemessen.

»Und ob ich das tue«, schnaubte er. »Sie sind doch Mr. Sherlock Holmes, der Theoretiker. An Sie erinnern! Nie werde ich vergessen, was Sie uns anläßlich des Juwelenraubes von Bishopsgate für Vorträge über Ursachen, Folgerungen und Wirkungen gehalten haben. Ich muß gestehen, Sie haben uns auf die richtige Spur gebracht, aber heute werden Sie sicherlich zugeben, daß dies mehr mit Glück als mit guten Ratschlägen zu tun hatte.«

»Es war eine Sache einfachen logischen Denkens.«

»Ach, kommen Sie, kommen Sie! Man sollte sich nie zu fein dafür sein, etwas zuzugeben. Aber was ist denn hier los? Üble Geschichte! Üble Geschichte! Knallharte Fakten hier – kein

Platz zum Theoretisieren! Ein Glück, daß ich gerade in einer andern Sache hier draußen in Norwood zu tun hatte! Ich war grad auf dem Revier, als die Meldung eintraf. Woran ist der Mann Ihrer Meinung nach gestorben?«

»Oh, ich will mir nicht anmaßen, über diesen Fall zu theoretisieren«, versetzte Holmes trocken.

»Ja, gewiß – obwohl sich ja nicht bestreiten läßt, daß Sie ab und zu auch mal den Nagel auf den Kopf getroffen haben. Ach, du meine Güte! Tür abgeschlossen, soviel ich gehört habe. Juwelen im Wert von einer halben Million verschwunden. Was war mit dem Fenster?«

»Verriegelt; es gibt aber Fußspuren auf dem Fensterbrett.«

»Na, wenn das Fenster verriegelt war, können die Fußspuren ja nichts mit der Sache zu tun haben. Das sagt einem doch der gesunde Menschenverstand. Vielleicht ein Schlaganfall; allerdings, diese verschwundenen Juwelen... Ha, ich hab 'ne Theorie! Solche Geistesblitze überkommen mich oft ganz plötzlich. Würden Sie, Sergeant, und Sie, Mr. Sholto, mal bitte das Zimmer verlassen. Ihr Freund kann hierbleiben. Also Holmes, was meinen Sie dazu: Sholto war, gemäß seinen eigenen Angaben, gestern abend bei seinem Bruder. Der Bruder hat einen Schlaganfall, stirbt, und Sholto macht sich mit dem Schatz aus dem Staub. Nicht schlecht, was?«

»Worauf der Tote so überaus rücksichtsvoll ist, sich zu erheben und die Tür von innen zu versperren.«

»Hm, ja, dort gibt's einen schwachen Punkt. Wir müssen die Sache mit gesundem Menschenverstand angehen. Dieser Thaddeus Sholto *war* bei seinem Bruder, und sie *hatten* Streit; so viel wissen wir. Jetzt ist der Bruder tot, und die Juwelen sind weg; das wissen wir auch. Von dem Zeitpunkt an, da Thaddeus ihn verlassen hat, ist der Bruder von niemandem mehr gesehen worden. Sein Bett ist unberührt. Thaddeus befindet sich offensichtlich in einer zutiefst aufgewühlten Gemütsverfassung. Seine Erscheinung ist – wie soll ich sagen – nicht gerade einnehmend. Wie Sie sehen, bin ich dabei, mein Netz um Thaddeus zu spinnen. Und dieses Netz fängt langsam an, sich über ihm zusammenzuziehen.«

»Sie verfügen noch nicht über alle Fakten«, warf Holmes ein. »Dieser Holzsplitter hier, von dem ich mit gutem Grund annehme, daß er vergiftet ist, steckte in der Kopfhaut des Mannes, an der Stelle, wo jetzt noch ein Mal zu erkennen ist. Dieses Stück Papier befand sich, so beschriftet, wie Sie es hier vor sich sehen, auf dem Tisch, und daneben lag dieser höchst sonderbare Gegenstand mit dem steinernen Kopf. Wie läßt sich dies alles mit Ihrer Theorie vereinbaren?«

»Bestätigt sie in jeder Hinsicht«, sagte der feiste Detektiv hochtrabend. »Haus gerammelt voll mit indischen Kuriositäten; Thaddeus Sholto hat diesen Gegenstand hier mit heraufgebracht, und wenn dieser Splitter da wirklich vergiftet ist, so kann ihn Thaddeus so gut wie jeder andere zu mörderischen Zwecken verwendet haben. Was das Papier betrifft, das ist irgend so ein Hokuspokus, aller Wahrscheinlichkeit nach ein Ablenkungsmanöver. Bleibt nur noch die Frage, wie er sich entfernt hat. Aha, alles klar, hier ist ein Loch in der Decke.«

Mit einer Behendigkeit, die in Anbetracht seines Leibesumfanges höchst beachtlich war, stieg er die Leiter empor, quetschte sich durch die Öffnung in die Dachkammer, und gleich danach hörten wir ihn jubelnd verkünden, daß er die Dachluke gefunden habe.

»Immerhin, er ist imstande, etwas zu finden«, bemerkte Holmes mit einem Schulterzucken. »Zuweilen glimmt ein Funke Vernunft in ihm auf. *›Il n'y a pas des sots si incommodes que ceux qui ont de l'esprit.‹*«

»Da sehen Sie's wieder einmal«, sagte Athelney Jones, als er wieder auf der Leiter auftauchte, »Fakten sind letzten Endes eben doch besser als Theorien. Meine Einschätzung des Falles hat sich bestätigt. Es gibt eine Luke, die aufs Dach hinausführt, und sie steht ein wenig offen.«

»Ich habe sie geöffnet.«

»Ach wirklich? Sie haben sie also bemerkt?« Er schien ein

wenig geknickt ob dieser Eröffnung. »Nun, ob Sie sie bemerkt haben oder nicht, jedenfalls wissen wir nun, auf welchem Weg unser Gentleman verschwunden ist. Inspektor!«

»Ja, Sir«, tönte es vom Gang her.

»Würden Sie bitte Mr. Sholto wieder hereinbringen. – Mr. Sholto, es ist meine Pflicht, Sie davon in Kenntnis zu setzen, daß alles, was Sie von nun an sagen, gegen Sie verwendet werden kann. Ich verhafte Sie im Namen der Königin, unter dem Verdacht, in den Mord an Ihrem Bruder verwickelt zu sein.«

»Da hören Sie's! Hab ich es Ihnen nicht gesagt?« schrie der unglückselige kleine Mann, rang seine Hände und blickte bald den einen, bald den anderen von uns beiden an.

»Machen Sie sich keine Sorgen, Mr. Sholto«, sagte Holmes. »Ich glaube, ich kann Ihnen mein Wort darauf geben, daß ich Sie von dieser Beschuldigung entlasten werde.«

»Versprechen Sie nicht zu viel, Herr Theoretiker, versprechen Sie nicht zu viel!« raunzte der Detektiv. »Das könnte sich als schwieriger erweisen, als Sie meinen.«

»Ich werde ihn entlasten, Mr. Jones, und damit nicht genug; überdies schenke ich Ihnen, kostenlos und unverbindlich, Namen und Beschreibung eines der beiden Männer, die gestern abend hier in diesem Zimmer waren. Ich habe gute Gründe anzunehmen, daß sein Name Jonathan Small ist. Er ist ein Mensch von geringer Bildung, klein, kräftig, hat sein rechtes Bein verloren und trägt eine Holzprothese, die unten auf der Innenseite Zeichen der Abnutzung aufweist. Am linken Fuß trägt er einen Stiefel mit einer derben, vorne eckigen Sohle und einem eisenbeschlagenen Absatz. Er ist von mittlerem Alter, sonnenverbrannt und ein ehemaliger Sträfling. Diese paar Angaben können Ihnen vielleicht weiterhelfen, zusammen mit der Tatsache, daß von seinen Handflächen ein anständiges Stück Haut weggekommen ist. Der andere Mann ...«

»Hört, hört! Der andere Mann ...?« feixte Athelney Jones, war aber, wie ich deutlich sehen konnte, nichtsdestotrotz von der Genauigkeit von Holmes' Angaben beeindruckt.

»... ist eine höchst eigenartige Person«, sagte Sherlock Holmes und machte auf dem Absatz kehrt. »Ich hoffe, Sie binnen kurzem mit beiden bekanntmachen zu können. – Auf ein Wort, Watson!«

Ich folgte ihm hinaus auf den Treppenabsatz.

»Wir haben über diesem unerwarteten Geschehnis den ursprünglichen Zweck unseres Unternehmens ganz aus den Augen verloren«, sagte er.

»Daran habe ich auch gerade gedacht«, versetzte ich. »Es geht nicht an, daß Miss Morstan noch länger in diesem Unglückshaus bleibt.«

»Nein. Sie müssen sie nach Hause begleiten. Sie wohnt bei Mrs. Cecil Forrester in Lower Camberwell, das ist also nicht allzu weit. Ich werde hier auf Sie warten, falls Sie im Sinn haben, nochmals hier hinauszufahren. Oder sind Sie vielleicht zu müde dazu?«

»Keineswegs. Ich glaube sowieso nicht, daß ich Ruhe finde, bevor ich mehr über diese verrückte Sache weiß. Ich habe das Leben ja nun wirklich auch von seinen dunklen Seiten kennengelernt, aber glauben Sie mir, diese überraschende Folge seltsamer Ereignisse hat meine Nerven vollständig zerrüttet. Dennoch liegt mir viel daran, die Sache mit Ihnen zu Ende zu verfolgen, da sie nun bereits so weit gediehen ist.«

»Ihre Gegenwart wird mir eine große Hilfe sein«, antwortete er. »Wir verfolgen den Fall auf eigene Faust weiter und überlassen es Freund Jones, seine Windeier voll Stolz zu bekrähen. Wenn Sie Miss Morstan abgesetzt haben, möchte ich, daß Sie bei der Pinchin Lane Nr. 3, drunten in Lambeth, ganz nahe am Ufer der Themse, vorbeigehen. Das dritte Haus auf der rechten Straßenseite gehört einem Tierpräparator; Sherman ist sein Name. Er hat ein Wiesel, das einen jungen Hasen geschnappt hat, im Fenster ausgestellt. Klopfen Sie den alten Sherman heraus und bestellen Sie ihm, zusammen mit meinen besten Empfehlungen, daß ich Toby ganz dringend brauche. Dann packen Sie Toby in die Droschke und fahren hierher zurück.«

»Ein Hund, nehme ich an?«

»Ja, ein wunderlicher Bastard mit einem ganz und gar stupenden Geruchssinn. Wenn ich die Wahl hätte, würde ich Tobys Hilfe derjenigen der ganzen Londoner Kriminalpolizei vorziehen.«

»Gut, ich bringe ihn her«, sagte ich. »Jetzt ist es ein Uhr. Wenn ich ein frisches Pferd bekomme, sollte ich bis drei Uhr wieder da sein.«

»Und ich«, sagte Holmes, »will mal schauen, was von Mrs. Bernstone zu erfahren ist und dem indischen Diener, der laut Mr. Thaddeus in der Dachkammer nebenan schläft. Danach werde ich die Methoden des großen Jones studieren und mir seine nicht eben subtilen Sarkasmen anhören. ›Wir sind gewohnt, daß die Menschen verhöhnen, was sie nicht verstehen.‹ Fürwahr, Goethe trifft immer den Kern der Sache.«

## 7. DIE EPISODE MIT DEM FASS

Die Polizei hatte einen Wagen mitgebracht, und den benutzte ich nun, um Miss Morstan nach Hause zu geleiten. Wie es der Frauen engelhafte Art ist, hatte sie all das Ungemach mit gefaßter Miene ertragen, solange jemand schwächerer da war, der ihren Beistand benötigte, und an der Seite der verstörten Haushälterin hatte ich sie heiter und gelassen vorgefunden. Sobald wir jedoch im Wagen waren, wurde sie bleich und brach dann in heftiges Schluchzen aus, so sehr hatten die Ereignisse dieser Nacht ihr zugesetzt. Sie hat mir später gestanden, daß sie mich während dieser Fahrt für kalt und herzlos gehalten habe. Wie wenig wußte sie doch um den Kampf, der in meiner Brust tobte, die Anstrengung, die es mich kostete, Zurückhaltung zu üben. Mein Mitgefühl und meine Liebe wurden zu ihr hingezogen wie meine Hand zuvor im Garten. Für mein Gefühl hätten Jahre konventionellen gesellschaftlichen Verkehrs mir nie einen so tiefen Einblick in ihre liebenswürdige, beherzte Natur gewähren können wie dieser eine Tag voller seltsamer Erlebnisse. Doch waren da zwei Gedanken, welche die Worte der Zuneigung nicht über meine Lippen kommen ließen. Sie war schwach und hilflos, an Gemüt und Nerven erschüttert. Ihr in einem solchen Augenblick meine Liebe aufzudrängen wäre nichts anderes gewesen als ein Ausnutzen ihrer Lage. Und was noch schwerer wog, sie war reich. Falls Holmes seine Ermittlungen zu einem erfolgreichen Abschluß brachte, erbte sie ein Vermögen. War es anständig, war es ehrenhaft, wenn ein Militärarzt auf halbem Sold sich eine Vertrautheit zunutze machte, die durch einen glücklichen Zufall entstanden war? Würde sie mich nicht für einen ganz kommunen Mitgiftjäger halten? Wie dürfte ich riskieren, daß sie auch nur vorübergehend auf einen solchen Gedanken verfiele. Dieser Agra-Schatz erhob sich wie eine unüberwindbare Schranke zwischen uns.

Es war beinahe zwei Uhr, als wir das Haus von Mrs. Cecil Forrester erreichten. Die Diener hatten sich längst zurückgezogen, aber Mrs. Forresters Interesse war durch die seltsame Mitteilung, die Miss Morstan empfangen hatte, geweckt worden, so daß sie aufgeblieben war, um deren Rückkehr abzuwarten. Sie selbst, eine charmante Frau mittleren Alters, kam, uns die Tür zu öffnen, und es tat mir im Herzen wohl zu sehen, wie liebevoll sie den Arm um die Zurückgekehrte schlang und sie in mütterlichem Ton begrüßte. Es war offensichtlich, daß diese hier nicht einfach eine entlohnte Untergebene, sondern eine hochgeschätzte Freundin war. Ich wurde vorgestellt, und Mrs. Forrester bat mich dringend, doch einzutreten und von all unseren Abenteuern zu berichten. Ich erklärte ihr, daß ich in einer wichtigen Mission unterwegs sei, versprach aber hoch und heilig, wieder vorzusprechen und sie über sämtliche Fortschritte auf dem laufenden zu halten. Als der Wagen anfuhr, warf ich einen verstohlenen Blick zurück, und ich habe das Bild noch immer deutlich vor Augen – die zwei anmutigen Gestalten Arm in Arm auf der Schwelle, die halboffene Tür, das Licht der Eingangshalle, das durch das Buntglas leuchtete, das Barometer, die glänzenden Läuferstangen auf der Treppe ... Es war tröstlich, inmitten der düsteren, bedrohlichen Angelegenheit, in die wir verstrickt waren, einen wenn auch noch so flüchtigen Blick auf ein friedliches englisches Heim werfen zu können.

Und je länger ich über all das nachdachte, was geschehen war, desto düsterer und bedrohlicher erschien es mir. Während ich durch die stillen, von Gaslampen erleuchteten Straßen ratterte, ließ ich die ganze Folge außerordentlicher Ereignisse noch einmal an meinem inneren Auge vorüberziehen. Da war einmal das ursprüngliche Problem; dieses zumindest lag nun offen vor uns. Der Tod von Captain Morstan, die Perlensendungen, die Zeitungsannonce, der Brief – in all diesen Dingen hatten wir Klarheit erlangt. Nur daß wir dadurch auf ein zweites, dunkleres und weit tragischeres Geheimnis gestoßen waren. Dieser indische Schatz, der merkwürdige Plan, den man in Morstans Gepäck gefunden hatte, die sonderbare Szene beim Tod von Major Sholto, die Wiederentdeckung des Schatzes, unmittelbar gefolgt von der Ermordung seines Entdeckers, die höchst absonderlichen Begleitumstände dieses Verbrechens – die Fußspuren, die außergewöhnlichen Waffen, die Worte auf dem Zettel, die mit denen auf Captain Morstans Plan übereinstimmten – dies alles war wahrhaftig ein Labyrinth, in dem ein Mann von weniger außerordentlicher Begabung als mein Mitbewohner wohl verzweifelt wäre auf der Suche nach einem Ariadnefaden.

Pinchin Lane war eine Straße mit schäbigen, aneinandergebauten zweistöckigen Backsteinhäusern im unteren Teil von Lambeth. Ich mußte längere Zeit an die Haustür von Nr. 3 klopfen, ehe sich etwas regte. Endlich jedoch blinkte der Schein einer Kerze hinter dem Rouleau im oberen Stockwerk auf, und ein Gesicht blickte aus dem Fenster.

»Mach, daß du wegkommst, du besoffener Pennbruder!« sagte das Gesicht. »Wenn du hier länger Krach schlägst, mach ich die Zwinger auf und hetz dir dreiundvierzig Hunde auf den Hals.«

»Wenn sie nur einen einzigen herauslassen wollten, wäre der Zweck meines Besuchs damit erfüllt«, gab ich zurück.

»Mach, daß du wegkommst!« schrie die Stimme. »So wahr mir Gott helfe, ich hab ne Fipper hier in diesem Sack, und die schmeiß ich dir auf'n Kopp, wenn du dich nicht sofort trollst!«

»Aber ich will doch einen Hund!« rief ich.

»Keine Diskussionen!« schrie Mr. Sherman. »Und jetzt hau ab, ich zähl bis drei, dann kommt die Fipper runter.«

»Mr. Sherlock Holmes...« setzte ich nochmals an, aber diese Worte hatten bereits eine wahrhaft magische Wirkung, denn das Fenster wurde unverzüglich zugeschlagen, und es war kaum eine Minute verstrichen, als der Riegel zurückgeschoben wurde und die Tür aufging. Mr. Sherman war ein langer, hagerer alter Mann mit gebeugten Schultern, einem sehnigen Hals und einer bläulich getönten Brille.

»Ein Freund von Mr. Sherlock ist jederzeit willkommen«,

sagte er. »Treten Sie ein, Sir. Kommen Sie dem Dachs nicht zu nahe, der beißt nämlich. Heda, pfui, pfui! Du darfst den Gentleman nicht einfach anknabbern!« Dies sagte er zu einem Hermelin, das seinen bösartigen Kopf mit den roten Augen durch die Stäbe seines Käfigs reckte. »Keine Angst, Sir, das da ist nur 'ne Blindschleiche. Die hat keine Giftzähne nicht, drum laß ich sie im Zimmer rumspazieren, dann räumt sie mit den Käfern auf. Ich hoffe, Sie nehmen's mir nicht krumm, daß ich eben ein wenig ruppig zu Ihnen war, weil die Kinder foppen mich nämlich immer, und manch einer macht sich 'n Spaß daraus, hier vorbeizugehn und mich rauszuklopfen. Was war's schon wieder, das Mr. Sherlock von mir will, Sir?«

»Er braucht einen Ihrer Hunde.«

»Ah, das wird wohl Toby sein.«

»Ja, genau, Toby war der Name.«

»Toby wohnt hier unten links, in Nummer 7.«

Er bahnte sich langsam, die Kerze in der Hand, einen Weg durch die wunderliche Tiergesellschaft, die er um sich geschart hatte. In dem flackernden, trüben Licht konnte ich vage erkennen, daß aus allen Ecken und Winkeln blitzende Augenpaare verstohlene Blicke auf uns warfen. Selbst auf den Dachbalken über unseren Köpfen saß dichtgedrängt und würdevoll eine Reihe gefiederter Brüter, die träge das Gewicht von einem Bein auf das andere verlagerten, als unsere Stimmen ihren Schlummer störten.

Toby entpuppte sich als ein häßliches, langhaariges, weiß und braun geflecktes Geschöpf, halb Spaniel und halb Lurcher, mit Hängeohren und einem sehr schwerfälligen, watschelnden Gang. Nach einigem Zögern fraß er mir ein Stück Zucker aus der Hand, das der alte Tierpräparator mir zugesteckt hatte, und nachdem unser Bündnis so besiegelt war, folgte er mir zum Wagen und fuhr, ohne die geringsten Schwierigkeiten zu machen, mit mir fort. Die Uhr vom Crystal Palace hatte eben drei geschlagen, als ich wieder in *Pondicherry Lodge* eintraf. Der ehemalige Preisboxer McMurdo war dem Vernehmen nach als Komplize verhaftet und zusammen mit Mr. Sholto abgeführt worden, und zwei Polizisten standen jetzt bei der schmalen Pforte Posten, ließen mich jedoch mit dem Hund passieren, als ich den Namen des Detektivs erwähnte.

Holmes stand vor der Haustür, hatte die Hände in die Taschen vergraben und rauchte seine Pfeife.

»Ah, da ist er ja!« rief er. »Braver Hund, ja! Athelney Jones ist weg. Wir durften hier, kaum waren Sie gegangen, einer immensen Entfaltung von Tatkraft beiwohnen. Er hat nicht nur unseren Freund Thaddeus, sondern auch den Pförtner, die Haushälterin und den indischen Diener verhaften lassen. Jetzt haben wir das Haus für uns, nur ein Sergeant ist oben geblieben. Lassen Sie den Hund hier und kommen Sie mit.«

Wir banden Toby an einem Tischbein in der Eingangshalle fest und stiegen ein weiteres Mal die Treppe hoch. Das Zimmer war noch genau so, wie wir es verlassen hatten, außer daß ein Laken über die Gestalt in der Mitte gebreitet worden war. Ein müde aussehender Polizei-Sergeant lehnte in einer Ecke.

»Würden Sie mir Ihre Blendlaterne leihen, Sergeant«, sagte mein Gefährte. »Knüpfen Sie mir jetzt dieses Seil um den Hals, so daß ich sie vorn festmachen kann. Danke. Und jetzt muß ich mich meiner Stiefel und Strümpfe entledigen. Nehmen Sie sie doch einfach mit hinunter, Watson. Ich mache mich jetzt auf zu einer kleinen Kletterpartie. Und tunken Sie mein Taschentuch in das Kreosot. Danke, das genügt. Wenn Sie jetzt noch für einen Moment mit mir in die Dachkammer hinaufkommen könnten.«

Wir kletterten durch das Loch nach oben. Holmes richtete das Licht der Laterne einmal mehr auf die Fußabdrücke im Staub.

»Ich möchte, daß Sie Ihr besonderes Augenmerk auf diese Fußspuren lenken«, sagte er. »Fällt Ihnen irgend etwas Außergewöhnliches daran auf?«

»Sie müssen von einem Kind oder einer kleinen Frau herrühren«, antwortete ich.

»Nun, von der Größe einmal abgesehen, meine ich. Gibt es sonst nichts Auffälliges?«

»Sie scheinen mir ganz wie andere Fußspuren zu sein.«

»Nein, ganz und gar nicht. Schauen Sie! Hier haben wir den Abdruck eines rechten Fußes im Staub. Nun mache ich daneben einen von meinem nackten Fuß. Was ist nun der augenfälligste Unterschied?«

»Ihre Zehen sind alle aneinandergequetscht, beim anderen Abdruck ist jeder einzelne Zeh deutlich von denen daneben abgegrenzt.«

»Genau. Das ist der springende Punkt. Behalten Sie das in Erinnerung. Wären Sie jetzt wohl so freundlich, dort hinüber zur Dachluke zu gehen und an deren Rahmen zu riechen? Ich werde derweilen hier drüben bleiben, da ich das Taschentuch in der Hand halte.«

Ich tat, wie er mich geheißen, und nahm sogleich einen durchdringenden, teerähnlichen Geruch wahr.

»Dort hat er beim Hinausklettern seinen Fuß hingesetzt. Wenn *Sie* seine Spur ausmachen können, dann sollte Toby leichtes Spiel damit haben, denke ich. Und nun laufen Sie nach unten, binden den Hund los und halten Ausschau nach Blondin.«

Als ich im Garten unten ankam, befand Holmes sich bereits auf dem Dach, und ich konnte sehen, wie er gleich einem riesigen Glühwürmchen langsam und vorsichtig dem Dachfirst entlangkroch. Hinter einem Büschel Schornsteinen verlor ich ihn aus den Augen, aber nach einer Weile tauchte er wieder auf, um schließlich auf der gegenüberliegenden Seite des Daches zu verschwinden. Ich ging um das Haus herum und fand ihn dort an einer Ecke des Dachgesimses hockend.

»Sind Sie das, Watson?« rief er herunter.

»Ja.«

»Ich habe die Stelle. Was ist das Schwarze da unter mir?«

»Eine Wassertonne.«

»Mit Deckel?«

»Ja.«

»Weit und breit keine Leiter zu sehen?«

»Nein.«

»Zum Teufel mit dem Burschen! Das ist wirklich halsbrecherisch. Aber wo er heraufklettern konnte, müßte ich doch wohl hinunterkommen. Das Regenrohr macht einen recht stabilen Eindruck. Was soll's, ab geht die Post!«

Man hörte seine Füße an etwas entlangscheuern, und die Laterne begann, langsam und stetig an der Hauswand herabzugleiten. Endlich landete er mit einem federnden Sprung auf der Wassertonne und mit einem weiteren auf dem Boden.

»Es war einfach, seiner Spur zu folgen«, sagte er, während er Strümpfe und Stiefel wieder anzog. »Überall, wo er durchgekommen ist, gab es gelockerte Ziegel, und in der Eile hat er dies verloren. Es bestätigt meine Diagnose, wie ihr Ärzte euch auszudrücken beliebt.«

Der Gegenstand, den er mir entgegenhielt, war eine kleine Tasche oder eher ein Beutel, gewoben aus bunten Gräsern und mit ein paar billigen Glasperlen verziert, in Form und Größe einem Zigarettenetui nicht unähnlich. Er enthielt ein halbes Dutzend Stacheln aus dunklem Holz, die alle an einem Ende spitz und am anderen abgerundet waren, genau wie jener, der Bartholomew Sholto getroffen hatte.

»Das sind höllische Dinger«, sagte er. »Passen Sie auf, daß Sie sich nicht daran stechen. Ich bin froh, daß wir sie jetzt haben, denn mit etwas Glück ist dies seine ganze Munition. Dadurch verringert sich die Gefahr, daß Sie oder ich binnen kurzem so ein Ding in der Haut stecken haben. Da wäre mir eine Martini-Kugel dann doch lieber. Wie steht es, Watson, wären Sie für einen Sechs-Meilen-Marsch zu haben?«

»Selbstverständlich«, antwortete ich.

»Ist Ihr Bein dem auch gewachsen?«

»Aber ja doch.«

»Da, Hundchen! Guter alter Toby! Riech daran, Toby, riech!« Er drückte dem Hund das kreosotgetränkte Taschentuch unter die Nase, und dieser spreizte seine unförmigen Beine und gab seinem Kopf eine höchst komische Neigung, wie ein Connaisseur, der das Bouquet eines edlen Weines prüft. Darauf warf Holmes das Taschentuch ein Stück weit weg, befestigte ein kräftiges Seil am Halsband des Hundes und führte ihn zu der Wassertonne. Das Tier stieß augenblicklich ein hohes, gellendes Kläffen aus und machte sich, die Nase dicht am Boden, den Schwanz steil in die Luft gereckt, an die Verfolgung der Fährte, wobei er mit einer solchen Geschwindigkeit lostrappelte, daß die Leine straff gespannt war und wir alle Mühe hatten, ihm zu folgen.

Im Osten war es nach und nach heller geworden, so daß wir nun in dem kalten grauen Licht auf einige Entfernung sehen konnten. Hinter uns ragte das schwerfällige, quadratische Haus mit seinen schwarzen leeren Fenstern und den hohen, nackten Mauern trostlos und verlassen in den Himmel empor. Unser Weg führte uns quer über das Grundstück, zwischen den Gräben und Löchern hindurch, die es allenthalben durchschnitten und zergliederten. Der ganze Ort mit seinen verzettelten Schutthaufen und verwilderten Büschen wirkte fluchbeladen und unheilschwanger, ganz im Einklang mit der düsteren Tragödie, deren Schauplatz er war.

Bei der Umfriedungsmauer angekommen, rannte Toby aufgeregt winselnd in ihrem Schatten entlang, bis er endlich in einer Ecke, die von einer jungen Buche verdeckt wurde, anhielt. Dort, wo die zwei Mauern aufeinandertrafen, waren mehrere Backsteine gelockert worden, und die dadurch entstandenen Spalten waren auf der unteren Seite ausgetreten und abgewetzt, als ob sie schon oft als Stufen gedient hätten. Holmes klomm hinauf, nahm mir den Hund ab und ließ ihn auf der anderen Seite der Mauer hinunter.

»Hier ist eine Spur von Freund Holzbeins Hand«, sagte er, als ich neben ihm hinaufkletterte. »Sehen Sie den schwachen Blutfleck da auf dem weißen Verputz? Welch ein Glück, daß wir seit gestern keine starken Regenfälle zu verzeichnen hatten. Der Geruch wird noch auf der Straße liegen, ihrem Vorsprung von achtundzwanzig Stunden zum Trotz.«

Ich muß gestehen, daß ich da meine Zweifel hatte, wenn ich

an den starken Verkehr dachte, der in der Zwischenzeit die Straße nach London passiert haben mußte. Meine Befürchtungen erwiesen sich indessen bald als unbegründet. Toby watschelte unbeirrt vorwärts in seiner eigenartig schlingernden Manier, ohne auch nur einen Moment zu zögern oder abzuschweifen. Es war offensichtlich, daß der beißende Gestank des Kreosots aus all den anderen widerstreitenden Gerüchen deutlich hervorstach.

»Glauben Sie bloß nicht«, sagte Holmes, »daß mein Erfolg in diesem Fall allein dem glücklichen Zufall zu verdanken ist, daß einer dieser Burschen mit dem Fuß in die chemische Substanz getappt ist. Ich verfüge mittlerweile über eine solche Fülle an Informationen, daß ich imstande wäre, die Kerle auf die verschiedensten Arten aufzuspüren. Diese ist indessen die rascheste, und da das Schicksal sie uns nun einmal in die Hände gespielt hat, wäre es sträflich, sie nicht anzuwenden. Allerdings hat sich der Fall aus eben diesem Grund nicht zu der hübschen kleinen Denkaufgabe entwickelt, die er eine Zeitlang zu werden versprach. Es wäre wohl einiger Ruhm damit zu ernten gewesen, wäre da nicht diese allzu handfeste Spur.«

»Aber Sie werden noch Ruhm ernten, mehr als genug«, entgegnete ich. »Ich kann Ihnen versichern, Holmes, daß die Mittel, die Sie anwenden, um zu Ihren Resultaten zu gelangen, mir in diesem Fall noch weit mehr Bewunderung abringen als in der Mordsache Jefferson Hope. Die ganze Angelegenheit erscheint mir noch undurchsichtiger und rätselhafter. Wie war es Ihnen beispielsweise möglich, den Mann mit dem Holzbein mit solcher Sicherheit zu beschreiben?«

»Pah, mein Junge, nichts einfacher als das. Ich will Ihnen nichts vormachen. Es liegt alles ganz klar und offen zutage. Zwei Offiziere, die den Oberbefehl über die Wachmannschaft einer Sträflingskolonie haben, erfahren von einem bedeutenden Geheimnis, einem vergrabenen Schatz. Ein Engländer namens Jonathan Small fertigt einen Plan für die beiden an. Sie erinnern sich doch, der Name stand auf der Zeichnung, die in

Captain Morstans Besitz war. Small hatte das Papier in seinem Namen und in dem seiner Genossen – im Zeichen der Vier, wie er es ein wenig dramatisch nannte – unterzeichnet. Mit Hilfe dieser Karte gelingt es den Offizieren – oder einem von ihnen –, den Schatz zu finden und nach England zu schaffen, wobei, wie wir annehmen müssen, irgendeine Bedingung, unter der die Karte ausgehändigt wurde, nicht erfüllt wird. Und warum hat Jonathan Small den Schatz nicht selber geborgen? Die Antwort liegt auf der Hand. Die Zeichnung datiert aus einer Zeit, da Morstan durch seinen Beruf in engen Kontakt mit Sträflingen kam. Jonathan Small hat den Schatz mithin deshalb nicht geborgen, weil er und seine Genossen selber Sträflinge waren und sich nicht frei bewegen konnten.«

»Aber das ist reine Spekulation«, wandte ich ein.

»Es ist mehr als das. Es ist die einzige Hypothese, die sich mit den Fakten deckt. Jetzt wollen wir sehen, wie sie zur Fortsetzung unserer Geschichte paßt. Major Sholto lebt einige Jahre lang in Ruhe und Frieden und erfreut sich seines Schatzes, bis er eines Tages einen Brief aus Indien erhält, der ihn zu Tode erschreckt. Was mag das für ein Brief gewesen sein?«

»Eine Nachricht, daß die Männer, die er betrogen hatte, freigelassen worden seien.«

»Oder geflüchtet. Das ist sehr viel wahrscheinlicher, denn er wird wohl gewußt haben, wie lange ihre Strafe bemessen war. Ihre Freilassung hätte ihn nicht überraschen können. Was tut er daraufhin? Er rüstet sich gegen einen Mann mit einem Holzbein – einen weißen Mann, wohlgemerkt, denn er hält einen weißen Handelsreisenden für den Befürchteten und gibt sogar einen Schuß aus seiner Pistole auf ihn ab. Nun ist aber auf dem Plan nur ein einziger Name, der einem weißen Mann gehören kann. Alle anderen sind Hindus oder Mohammedaner. Es gibt keinen zweiten Weißen. Folglich können wir mit absoluter Sicherheit sagen, daß der Mann mit dem Holzbein mit Jonathan Small identisch ist. Erscheint Ihnen dieser Gedankengang fehlerhaft?«

»Nein, er ist klar und einleuchtend.«

»Gut; dann wollen wir uns nun einmal in Jonathan Smalls Lage versetzen und die ganze Angelegenheit aus seinem Blickwinkel betrachten. Er kommt mit der zwiefachen Absicht nach England, das zurückzugewinnen, was ihm seiner Meinung nach rechtens zusteht, und sich an dem Mann zu rächen, der ihn hintergangen hat. Er findet heraus, wo Sholto lebt, und nimmt höchstwahrscheinlich mit jemandem im Haus Verbindung auf. Da ist dieser Diener, Lal Rao, den wir nicht gesehen haben. Laut Mrs. Bernstone ist sein Charakter alles andere als gut. Es gelingt Small jedoch nicht, herauszufinden, wo der Schatz versteckt ist, denn außer dem Major und einem treuen alten Diener, der inzwischen gestorben ist, hat kein Mensch je darum gewußt. Plötzlich erfährt Small, daß der Major auf dem Totenbett liegt. Von wilder Angst gepackt, der Major möchte das Geheimnis des Schatzes mit sich ins Grab nehmen, setzt er sich der Gefahr aus, von den Wächtern ertappt zu werden, schlägt sich bis unter das Fenster des Sterbenden durch, und nur die Anwesenheit der beiden Söhne hält ihn davon ab, ins Zimmer einzudringen. Von einem wahnsinnigen Haß gegen den inzwischen gestorbenen Mann getrieben, steigt er indessen in der darauffolgenden Nacht in dessen Zimmer ein, durchwühlt seine Privatpapiere, in der Hoffnung, irgendeine Notiz im Zusammenhang mit dem Schatz zu entdecken, und hinterläßt schließlich als Zeugnis seines Besuches jenen Zettel mit der lakonischen Inschrift. Zweifellos hatte er schon im voraus geplant, für den Fall, daß er den Major erschlagen sollte, ein Dokument dieser Art auf der Leiche zu hinterlassen, zum Zeichen, daß es sich nicht um einen gewöhnlichen Mord handle, sondern, vom Standpunkt der vier Genossen aus, um etwas wie einen Akt der Gerechtigkeit. In den Annalen des Verbrechens finden sich genug Beispiele von verworrenen und abwegigen Ideen dieser Art, und in den meisten Fällen liefern sie wertvolle Hinweise auf den Verbrecher. Können Sie mir soweit folgen?«

»Aber gewiß.«

»Nun, was sollte Jonathan Small tun? Es blieb ihm nichts

anderes übrig, als die Anstrengungen der Erben, den Schatz zu finden, weiterhin von sicherer Warte aus zu verfolgen. Vermutlich verließ er England und kehrte lediglich von Zeit zu Zeit hierher zurück. Dann folgt die Entdeckung der Dachkammer, von der er unverzüglich Kenntnis erhält. Das deutet erneut auf die Existenz eines Helfershelfers im Hause hin. Mit seinem Holzbein ist Jonathan völlig außerstande, in die hochgelegene Kammer Bartholomew Sholtos zu gelangen. Er nimmt indessen einen recht sonderbaren Verbündeten mit, der diese Schwierigkeit wohl überwindet, jedoch mit dem Fuß in das Kreosot tritt, und das Ganze läuft schließlich auf Toby und einen Sechs-Meilen-Humpelmarsch für einen Offizier auf halbem Sold mit ramponierter *tendo Achillis* hinaus.«

»Aber es war der Verbündete, nicht Jonathan, der das Verbrechen begangen hat.«

»Ganz recht. Und zwar sehr zu Jonathans Mißfallen, der Art nach zu urteilen, wie er im Zimmer herumgestapft ist, nachdem er einmal drin war. Er hegte keinen Groll gegenüber Bartholomew Sholto, und es wäre ihm lieber gewesen, ihn lediglich zu fesseln und zu knebeln. Er hatte kein Verlangen danach, sich seinen eigenen Strick zu drehen. Aber es ließ sich nun einmal nichts mehr ändern; die wilden Instinkte seines Komplizen waren mit ihm durchgegangen, und das Gift hatte bereits seine Wirkung getan. Small hinterlegte also seine Visitenkarte, ließ die Schatztruhe in den Garten hinunter und folgte ihr dann selbst. So muß die Abfolge der Ereignisse gewesen sein, soweit ich sie entschlüsseln kann. Was nun Smalls äußere Erscheinung betrifft, so muß er doch wohl von mittlerem Alter und sonnenverbrannt sein, wenn er jahrelang in der Gluthitze der Andamanen interniert war. Seine Größe habe ich überschlagsmäßig errechnet, anhand seiner Schrittlänge, und daß er einen Bart trägt, wissen wir von Thaddeus Sholto. Das zugewachsene Gesicht war das einzige Merkmal, das sich ihm eingeprägt hat, als er ihn damals am Fenster erblickte. Ich glaube, damit hätten wir alles.«

»Der Komplize?«

»Nun, da steckt ebenfalls kein großes Geheimnis dahinter. Aber Sie werden bald genug über all das Bescheid wissen. Wie süß doch die Morgenluft ist! Sehen Sie jene einzelne kleine Wolke dort, wie sie dahinschwebt, gleichsam wie die rosa Feder eines riesigen Flamingos. Nun schiebt sich der rote Rand der Sonne aus dem Wolkenmeer über London empor. Ihr Schein fällt auf eine Menge Menschen, und doch möchte ich wetten, daß keiner davon in einer seltsameren Mission unterwegs ist als Sie und ich. Wie klein wir uns doch fühlen, mit all unserem nichtigen Eifern und Streben, im Angesicht des großen, ursprünglichen Waltens der Natur. Sind Sie gut beschlagen in Jean Paul?«

»Ja, einigermaßen. Ich habe über Carlyle zu ihm gefunden.«

»Das ist, als wären Sie dem Bachlauf gefolgt, um den See, der ihn speist, zu finden. Er macht an einer Stelle eine seltsame, aber tiefsinnige Bemerkung. Sie besagt, die wahre Größe des Menschen liege darin, daß er seine eigene Kleinheit zu erkennen vermöge. Wie Sie sehen, statuiert er damit, daß die Fähigkeit des Vergleichens und Wertens schon an und für sich ein Zeichen der Erhabenheit ist. Fürwahr, Richter liefert viel Stoff zum Nachdenken. Sie haben keine Pistole bei sich, oder?«

»Ich habe meinen Stock.«

»Ich frage nur, weil es möglich ist, daß wir so etwas brauchen werden, wenn wir ihren Unterschlupf aufstöbern. Jonathan werde ich Ihnen überlassen, aber wenn sich der andere übel aufführen sollte, schieße ich ihn tot.«

Bei diesen Worten nahm er seinen Revolver hervor, lud zwei der Kammern und steckte ihn dann in die rechte Tasche seines Jacketts zurück.

Während all dieser Zeit waren wir unter Tobys Führung auf Straßen halb ländlichen Charakters, die von Einfamilienhäusern gesäumt waren, der Metropole zugestrebt. Jetzt aber kamen wir allmählich in Straßen mit langen Häuserzeilen, wo schon ein reges Treiben von Handlangern und Dockarbeitern herrschte und schmuddelig wirkende Frauen die Läden von den Fenstern nahmen und die Hauseingänge wischten. An den Straßenecken in den Pubs mit ihren eckigen Giebeln hatte der Ausschank eben begonnen, und unter den Türen erschienen rauh aussehende Männer, die sich mit den Ärmeln über die Bärte wischten, nachdem sie sich einen Morgenschluck genehmigt hatten. Seltsame Hunde streunten umher und warfen uns verwunderte Blicke zu, als wir vorbeigingen. Unser unvergleichlicher Toby jedoch blickte weder nach rechts noch nach links, sondern trottete mit gesenkter Nase vorwärts und gab von Zeit zu Zeit ein aufgeregtes Winseln von sich, das auf eine heiße Spur schließen ließ.

Wir hatten Streatham, Brixton und Camberwell durchquert und befanden uns nun in der Kennington Lane, nachdem wir uns auf Nebenstraßen zur Ostseite des Kennigton Oval durchgeschlagen hatten. Die Männer, die wir verfolgten, schienen einen absonderlichen Zickzack-Kurs eingeschlagen zu haben, vermutlich um so wenig wie möglich gesehen zu werden. Sie waren nie der Hauptstraße gefolgt, wenn es eine Parallelstraße gab, die in die gewünschte Richtung führte. Am Ende der Kennington Lane waren sie zur Linken in die Bond Street eingebogen und dann der Miles Street gefolgt. Dort, wo diese bei den Reihenhäusern des Knight's Place einmündet, hielt Toby plötzlich inne und begann bald vorwärts, bald wieder zurück zu rennen, wobei er das eine Ohr aufgestellt hatte und das andere hängenließ wie die leibhaftige Verkörperung hündischer Unentschlossenheit. Darauf begann er in seinem watschelnden Gang Kreise zu ziehen und blickte dabei bisweilen zu uns auf, als bitte er um Verständnis für seine mißliche Lage.

»Was zum Teufel ist denn mit dem Hund los?« brummte Sherlock Holmes. »Die haben gewiß nicht plötzlich eine Droschke genommen oder sind in einem Ballon davongeflogen.«

»Vielleicht haben sie hier eine Zeitlang haltgemacht«, vermutete ich.

»Aha, alles in Ordnung; jetzt legt er wieder los«, sagte mein Gefährte erleichtert.

Und Toby legte in der Tat los. Nachdem er ein letztes Mal im Kreis herum geschnüffelt hatte, schien er sich seiner Sache plötzlich sicher zu sein und schoß vorwärts mit einer Energie und Entschlossenheit, wie er sie noch nicht gezeigt hatte. Die Spur schien frischer zu sein als zuvor, denn nun strich er nicht mehr mit der Nase dem Boden entlang, sondern zerrte an der Leine und versuchte draufloszurennen. Holmes' glänzende Augen verrieten mir, daß er sich dem Ziel unseres Marsches nahe glaubte.

Unser Weg führte uns nun der Nine Elms Lane entlang bis zu dem großen Holzlagerplatz von Broderick & Nelson, der unmittelbar hinter der *White Eagle Tavern* liegt. Hier preschte der Hund, ganz verrückt vor Aufregung, durch den Seiteneingang auf das Areal, wo die Sägereiarbeiter bereits am Werk waren. Weiter jagte der Hund, über Sägemehl und Hobelspäne hinweg eine Gasse entlang, bog dann in einen Quergang ein, raste zwischen zwei Holzstapeln hindurch und sprang schließlich mit triumphierendem Kläffen auf ein großes Faß, das noch immer auf dem Handwagen stand, auf dem es offenbar dorthin gebracht worden war. Mit weit heraushängender Zunge und glitzernden Augen stand Toby auf dem Faß und blickte Anerkennung heischend vom einen zum anderen. Die Faßdauben und die Karrenräder waren mit einer schwärzlichen Flüssigkeit verschmiert, und in der Luft lag der stickige Geruch von Kreosot.

Sherlock Holmes und ich blickten uns einen Augenblick lang verdutzt an und brachen dann gleichzeitig in ein unwiderstehliches, schallendes Gelächter aus.

## 8. DIE BAKER-STREET-SPEZIALEINHEIT

»Was nun?« fragte ich. »Toby ist seinem Ruf der Unfehlbarkeit nicht gerecht geworden.«

»Er hat die Sache so gut gemacht, wie es ihm seine Einsicht erlaubte«, erwiderte Holmes, während er ihn von dem Faß herunterhob und aus dem Sägereigelände hinausführte. »Wenn Sie bedenken, wieviel Kreosot an einem einzigen Tag in London hin und her gekarrt wird, dann ist es kein Wunder, daß sich eine dieser Spuren mit der unseren gekreuzt hat. Es ist heutzutage sehr gebräuchlich, besonders für die Konservierung von Holz. Man kann dem guten Toby wirklich keinen Vorwurf machen.«

»Wir sollten versuchen, wieder auf die richtige Spur zurückzufinden, denke ich.«

»Ja, und glücklicherweise haben wir nicht weit zu gehen. Es ist ganz offensichtlich, daß das, was den Hund beim Knight's Place so verwirrt hat, zwei verschiedene Fährten waren, die in entgegengesetzter Richtung weiterliefen. Wir haben dort die falsche genommen, und wir brauchen nichts weiter zu tun, als die andere zu verfolgen.«

Dies sollte uns nicht schwerfallen. Kaum hatten wir Toby an den Ort zurückgebracht, wo er fehlgegangen war, begann er einen weiten Kreis zu ziehen und schoß schließlich in einer neuen Richtung davon.

»Wir müssen aufpassen, daß er uns diesmal nicht zu dem Ort führt, wo das Kreosot hergekommen ist«, bemerkte ich.

»Daran habe ich gedacht. Aber Sie werden bemerkt haben, daß er dem Bürgersteig folgt, während das Faß auf der Fahrbahn transportiert wurde. Nein, diesmal sind wir auf der richtigen Fährte.«

Die führte nun Richtung Fluß über Belmont Place und Prince's Street. Am Ende der Broad Street ging es direkt zum

Wasser hinunter, wo ein kleiner Bootslandeplatz lag. Toby führte uns bis zu dessen äußerstem Rand und blickte von dort aus winselnd hinaus auf den dunklen Strom.

»Wir haben wirklich eine Pechsträhne«, sagte Holmes. »Die haben sich auf ein Boot geflüchtet.«

Mehrere kleine Stakkähne und Ruderboote lagen im Wasser oder am Rand des Holzstegs. Wir führten Toby von einem zum anderen, aber obgleich er angestrengt schnüffelte, zeigte er keinerlei Reaktion.

Dicht neben dem kunstlos zusammengezimmerten Landungssteg lag ein kleines Backsteinhaus, von dessen oberem Fenster ein hölzernes Schild herunterhing, auf dem in großen Lettern »Mordecai Smith« und darunter »Boote zu vermieten, stunden- oder tageweise« zu lesen war. Ein weiterer Anschlag oberhalb der Haustür tat kund, daß auch ein Dampfkahn vorhanden war, was durch einen großen Kokshaufen auf dem Landungssteg bestätigt wurde. Sherlock Holmes blickte sich bedächtig nach allen Seiten um, und sein Gesicht nahm einen sorgenvollen Ausdruck an.

»Das sieht schlecht für uns aus«, sagte er. »Die Burschen sind raffinierter, als ich angenommen hatte. Es scheint ihnen gelungen zu sein, ihre Spuren zu verwischen. Ich fürchte, die Sache hier ist von langer Hand vorbereitet worden.«

Als er auf die Haustür zuging, öffnete sich diese plötzlich, und ein kleiner, etwa sechsjähriger Lockenkopf kam herausgerannt, dicht gefolgt von einer recht stämmigen Frau mit rotem Gesicht, die einen großen Schwamm in der Hand hielt.

»Komm sofort her und laß dich waschen, Jack!« schrie sie. »Komm her, du kleiner Racker, du; wenn dein Vater nach Haus kommt und dich so sieht, dann kannst du was erleben!«

»Was für ein netter kleiner Junge«, rief Holmes listig aus. »Na, du rotbäckiger kleiner Schlingel, komm mal her und sag mir, ob es irgend etwas gibt, was du gerne haben möchtest, Jack.«

Der Kleine dachte eine Zeitlang nach.

»Ich möcht 'n Shilling«, sagte er endlich.

»Gibt es denn nichts, was du lieber haben möchtest?«

»Noch lieber möcht ich zwei Shilling«, antwortete das schlaue Bürschchen nach einigem Überlegen.«

»Nun gut, dann sollst du sie auch kriegen. Da, fang! – Ein reizendes Kind haben Sie da, Mrs. Smith!«

»Herrje, Sir, ja, das ist er, und vorlaut obendrein. Manchmal werd ich fast nicht fertig mit ihm, besonders wenn der Mann tagelang nicht nach Haus kommt.«

»Ach, er ist nicht zu Hause?« versetzte Holmes in enttäuschtem Ton. »Das kommt mir ungelegen, ich bin nämlich gekommen, um mit Mr. Smith zu sprechen.«

»Seit gestern früh ist er weg, Sir, und ehrlich gesagt, ich mach mir langsam Sorgen um ihn. Aber wenn's wegen einem Boot ist, Sir, da kann ich Ihnen wohl auch helfen.«

»Ich wollte seinen Dampfkahn mieten.«

»Herrje, Sir! Es ist ja eben der Dampfkahn, mit dem er weg ist. Das ist es ja, was ich nicht versteh, weil ich nämlich weiß, daß da nicht mehr Kohlen drin sind, als wo er braucht, um nach Woolwich oder so und zurück zu kommen. Wenn er mit dem Schleppkahn losgefahren wär, würd ich mir nichts weiter bei denken; wär nämlich nicht das erste Mal, daß er damit bis nach Gravesend fahren muß, und wenn's da viel zu tun gibt, könnt er wohl über Nacht geblieben sein. Aber was kann man schon mit 'nem Dampfkahn ohne Kohlen anfangen?«

»Es könnte ja sein, daß er bei einem Landeplatz weiter unten am Fluß Nachschub gekauft hat.«

»Möglich wär's schon, Sir, aber ähnlich sehen tät's ihm nicht. Ich hab ihn oft genug über die Preise wettern hören, die sie dort unten für 'n paar lumpige Säcke voll verlangen. Und überhaupt, ich kann den Kerl mit dem Holzbein nicht ausstehn, mit seinem häßlichen Gesicht und dem fremdländischen Geschwafel. Ich weiß wirklich nicht, was der hier ständig rumzuschnüffeln hatte.«

»Ein Mann mit einem Holzbein?« fragte Holmes mit höflichem Erstaunen.

»Ja, Sir, ein dunkelhäutiger Kerl mit einem Affengesicht,

wo manches Mal bei meinem Alten reingeschaut hat. Der hat ihn gestern nacht aus'm Bett geholt, und, was der Sache die Krone aufsetzt, mein Mann hat gewußt, daß er kommt, weil er nämlich den Kahn unter Dampf gesetzt hat. Ich sag's Ihnen gradheraus, Sir, die Sache gefällt mir nicht.«

»Aber meine gute Mrs. Smith«, entgegnete Holmes mit einem Schulterzucken, »Sie ängstigen sich wegen nichts und wieder nichts. Wie wollen Sie denn wissen, daß es dieser Mann mit dem Holzbein war, der in der Nacht hier gewesen ist? Ich verstehe nicht ganz, wie Sie sich dessen so sicher sein können.«

»Seine Stimme, Sir; ich hab seine Stimme erkannt, die ist irgendwie belegt und rauchig. Er hat ans Fenster geklopft – das muß so um drei rum gewesen sein. ›Raus aus den Federn, Kamerad‹, ruft er, ›höchste Zeit zum Wacheschieben!‹ Mein Alter hat den Jim geweckt – das ist unser Ältester –, und schon warn se weg, und zu mir kein einziges Wort. Ich hab noch das Holzbein gehört, wie es gegen die Steine gekloppt hat.«

»War dieser Mann mit dem Holzbein allein?«

»Dafür könnt ich die Hand nicht ins Feuer legen, Sir. Aber ich hab kein andern nicht gehört.«

»Das ist wirklich schade, Mrs. Smith, denn ich bräuchte einen Dampfkahn, und ich habe nur Gutes von der – ach, wie heißt sie doch gleich...?«

»*Aurora*, Sir.«

»Aber ja. Ist sie nicht so ein alter grüner Kahn mit einem gelben Streifen und einem mächtig breiten Rumpf?«

»Nein, weit gefehlt. Sie werden auf dem ganzen Fluß nicht so ein wendiges kleines Ding wie sie finden. Sie ist erst frisch gestrichen worden, schwarz mit zwei roten Streifen.«

»Vielen Dank. Ich hoffe, Sie hören bald etwas von Mr. Smith. Ich habe vor, flußabwärts zu reisen, und falls ich auf die *Aurora* stoßen sollte, werde ich ihm ausrichten, daß Sie sich um ihn sorgen. Ein schwarzer Schornstein, sagten Sie?«

»Nein, Sir, schwarz mit einem weißen Band.«

»Aber ja, natürlich; es waren die Seiten, die schwarz sind. Nun denn, einen guten Morgen, Mrs. Smith. Kommen Sie,

Watson, da drüben ist ein Fährmann mit seinem Boot. Wir wollen uns damit ans andere Ufer übersetzen lassen.«

»Das Wichtigste im Verkehr mit Leuten dieser Art«, sagte Holmes, als wir im Vorderteil der Fähre Platz genommen hatten, »ist, ihnen niemals den Eindruck zu vermitteln, daß ihre Auskünfte auch nur den geringsten Wert für einen haben könnten. Sonst sind sie gleich verschlossen wie die Austern. Hört man ihnen jedoch scheinbar widerwillig zu, so erfährt man mit größter Wahrscheinlichkeit, was man wissen will.«

»Unser weiteres Vorgehen scheint jetzt so ziemlich auf der Hand zu liegen«, sagte ich.

»Nun denn, was schlagen Sie vor?«

»Ich würde einen Kahn mieten und die *Aurora* den Fluß hinab verfolgen.«

»Mein lieber Freund, das wäre ein kolossales Unterfangen. Sie kann an jedem beliebigen Kai zwischen hier und Greenwich, am rechten ebensogut wie am linken Ufer, angelegt haben. Unterhalb der Brücke erstreckt sich über Meilen hinweg ein wahres Labyrinth von Landeplätzen. Es würde Tage, wenn nicht Wochen in Anspruch nehmen, sie alle abzusuchen, wenn wir uns allein daran wagen wollten.«

»Dann müssen wir halt die Polizei einschalten.«

»Nein, ich werde Athelney Jones voraussichtlich erst im letzten Moment beiziehen. Er ist kein übler Kerl, und ich möchte nichts tun, was ihm beruflich schaden könnte. Aber nun, da die Sache bereits so weit gediehen ist, ziehe ich es vor, den Fall allein zu lösen.«

»Könnten wir nicht eine Annonce aufgeben, in der wir die Besitzer von Anlegeplätzen um sachdienliche Hinweise bitten?«

»Das wird ja immer schlimmer! Dann wüßten unsere Männer doch, daß man dicht hinter ihnen her ist, und würden das Land so schnell als möglich verlassen. Es spricht ohnehin viel dafür, daß sie versuchen werden, außer Landes zu kommen; aber solange sie sich in Sicherheit wiegen, werden sie die Sache nicht überstürzen. In dieser Hinsicht wird Jones' Tatendrang uns von Nutzen sein, denn sicherlich wird er seine Auffassung des Falles in der Tagespresse breitschlagen lassen und so die Flüchtlinge zu der Annahme verleiten, daß alle Welt einer falschen Fährte nachjagt.«

»Na gut, was tun wir dann?« fragte ich, als wir in der Nähe der Besserungsanstalt von Millbank an Land gingen.

»Diese Droschke da nehmen, nach Hause fahren, frühstükken und uns eine Stunde hinlegen. Es ist gut möglich, daß wir noch eine weitere Nacht auf den Beinen sein müssen. Fahrer, halten Sie dann vor einem Telegraphenamt! Toby wollen wir noch bei uns behalten; er könnte uns nochmals von Nutzen sein.«

Wir hielten vor dem Postamt in der Great Peter Street, und Holmes gab sein Kabel auf.

»Was denken Sie wohl, an wen das Telegramm gerichtet war?« fragte er, als wir weiterfuhren.

»Ich habe wirklich nicht die geringste Ahnung.«

»Erinnern Sie sich an die Baker-Street-Spezialeinheit der Kriminalpolizei, die ich im Fall Jefferson Hope eingesetzt habe?«

»Nun ja, und?« versetzte ich lachend.

»Das hier ist genau so ein Fall, in dem sich ihre Hilfe als unschätzbar erweisen dürfte. Sollten sie keinen Erfolg haben, bleiben mir immer noch andere Mittel; aber zuerst will ich es mit ihnen versuchen. Das Telegramm ging an Wiggins, meinen kleinen Schmuddel-Leutnant, und ich nehme an, er wird sich mit seiner Bande bei uns einfinden, noch ehe wir unser Frühstück beendet haben.«

Es war mittlerweile zwischen acht und neun Uhr, und die Nachwirkungen der Aufregungen, die in dieser Nacht so dicht aufeinander gefolgt waren, begannen sich bei mir heftig bemerkbar zu machen. Ich fühlte mich schlapp und ausgelaugt, mein Geist war benebelt, mein Körper erschöpft. Der berufliche Ehrgeiz, der meinen Gefährten vorwärtstrieb, ging mir ab, und ebensowenig wollte es mir gelingen, die ganze Sache als eine rein abstrakte Denkaufgabe zu betrachten. Was den Tod

Bartholomew Sholtos betraf, so hatte ich so wenig Gutes von ihm gehört, daß ich seinen Mördern gegenüber keinen besonders heftigen Abscheu empfinden konnte. Die Sache mit dem Schatz jedoch stand auf einem anderen Blatt, denn der, oder zumindest ein Teil davon, gehörte rechtens Miss Morstan, und solange auch nur die geringste Aussicht bestand, ihn zurückzugewinnen, war ich bereit, mein Leben diesem einen Ziel zu widmen. Gewiß, sollte ich den Schatz finden, würde sie mir wohl auf immer unerreichbar sein. Aber was wäre das für eine kleinliche und eigennützige Liebe gewesen, die sich dadurch hätte beirren lassen. Wenn es Holmes' Ansporn war, die Verbrecher zu finden, so hatte ich einen zehnmal stärkeren darin, den Schatz zu finden.

In der Baker Street angekommen, nahm ich ein Bad und wechselte die Kleider, worauf ich mich wie neugeboren fühlte. Als ich in unser Tageszimmer hinunterkam, stand das Frühstück bereits auf dem Tisch, und Holmes war im Begriff, Kaffee einzugießen.

»Da haben wir's«, sagte er lachend und wies auf die Zeitung, die aufgeschlagen vor ihm lag. »Der tatkräftige Jones und der allgegenwärtige Reporter haben die Sache unter sich ausgemacht. Aber mittlerweile haben Sie den Fall bestimmt satt. Wenden Sie sich lieber erst Ihren Eiern mit Schinken zu.«

Ich nahm ihm die Zeitung – es war der *Standard* – aus den Händen und las folgende kleine Notiz, die mit der Überschrift »Rätselhafter Vorfall in Upper Norwood« versehen war.

> Gestern abend gegen Mitternacht wurde Mr. Bartholomew Sholto von *Pondicherry Lodge* in Upper Norwood tot in seinem Zimmer aufgefunden. Die Umstände deuten auf ein Verbrechen hin. Soweit in Erfahrung zu bringen war, konnten an der Leiche von Mr. Sholto keine Spuren von Gewaltanwendung festgestellt werden, jedoch ist eine wertvolle Sammlung indischer Kleinodien, die der Verstorbene von seinem Vater ge-

erbt hatte, abhanden gekommen. Der Tatbestand wurde zuerst von Mr. Sherlock Holmes und Dr. Watson entdeckt, die das Haus in Begleitung von Mr. Thaddeus Sholto, dem Bruder des Verstorbenen, aufgesucht hatten. Durch eine außerordentlich glückliche Fügung traf es sich, daß Mr. Athelney Jones, der bestens bekannte Detektiv der Londoner Kriminalpolizei, zu diesem Zeitpunkt auf dem Polizeirevier von Upper Norwood zugegen war, was ihm ermöglichte, bereits eine halbe Stunde nach Meldung des Falles an Ort und Stelle zu sein. Er wandte sogleich all seine Kompetenz und Erfahrung an die Ermittlung der Täter, mit dem erfreulichen Resultat, daß der Bruder des Verstorbenen, Thaddeus Sholto, bereits arretiert worden ist, ebenso die Haushälterin, eine gewisse Mrs. Bernstone, sowie ein indischer Diener namens Lal Rao und ein Pförtner oder Hauswart namens McMurdo. Es steht fest, daß der Dieb oder die Diebe mit den Örtlichkeiten vertraut waren, denn es ist Mr. Jones dank seines uns allen wohlbekannten immensen Fachwissens sowie seiner außergewöhnlich scharfen Beobachtungsgabe gelungen, schlüssig nachzuweisen, daß die Missetäter weder durch die Tür noch durch das Fenster, sondern über das Dach ins Haus gelangt sind, und zwar unter Benützung einer Dachluke, die zu einem Raum führt, der mit demjenigen, in dem die Leiche gefunden wurde, in Verbindung steht. Aus dieser Tatsache, die über jeden Zweifel erhaben ist, geht klar hervor, daß es sich hier nicht um einen bloßen Gelegenheitseinbruch handelt. Das rasche und tatkräftige Durchgreifen der Gesetzesvertreter hat einmal mehr bewiesen, von welch entscheidendem Vorteil die Anwesenheit eines einzigen regsamen und überlegenen Geistes in einer derartigen Situation ist. Wir können nicht umhin, festzustellen, daß damit jene Kreise in ihren Argumenten bestärkt werden, die eine vermehrte Dezentralisation unserer Detektive fordern, damit diese in unmittelbareren und nutzbringenderen Kontakt mit den Fällen gelangen, deren Aufklärung ihnen obliegt.

»Ist das nicht großartig?« sagte Holmes, während er in seine Kaffeetasse hineinkicherte. »Was meinen Sie dazu?«

»Ich meine, daß wir selber nur um Haaresbreite einer Verhaftung entgangen sind.«

»Den Eindruck habe ich auch. Und ich gebe nicht viel für unsere Sicherheit, falls er noch einmal einen Anfall von Tatendrang haben sollte.«

In diesem Augenblick wurde die Türklingel heftig gezogen, und dann hörte man, wie Mrs. Hudson, unsere Wirtin, vor Empörung und Bestürzung laut jammernd ihre Stimme erhob.

»Guter Gott, Holmes«, sagte ich und erhob mich halb von meinem Stuhl, »ich glaube, die sind wirklich schon hinter uns her.«

»Nein, ganz so schlimm ist es nicht. Das sind die inoffiziellen Kräfte – die Baker-Street-Spezialeinheit.«

Noch während er sprach, kamen das rasche Patschen nackter Füße und das Geschnatter hoher Stimmen die Treppe herauf, und ins Zimmer stürzte ein Dutzend schmutziger, zerlumpter kleiner Gassenjungen. Trotz ihres chaotischen Eintretens legten sie eine Art von Disziplin an den Tag, denn nun stellten sie sich unverzüglich in einer Reihe vor uns auf und blickten uns mit erwartungsvollen Gesichtern an. Einer von ihnen, der größer und älter war als die anderen, trat vor, mit einem Ausdruck lässiger Erhabenheit, der sich an einer so verkommenen kleinen Vogelscheuche wie ihm äußerst komisch ausnahm.

»Nachricht erhalten, Sir«, sagte er, »und mit meinen Leuten sofort zur Stelle. Macht drei *Bob* und 'n *Tanner* für Fahrkarten.«

»Bitte sehr«, sagte Holmes und steckte ihm ein paar Silbermünzen zu. »In Zukunft werden wir es so halten, Wiggins, daß deine Leute dir rapportieren und du mir. Ich kann einfach keine solchen Invasionen im Haus haben. Für diesmal ist es jedoch ganz gut, wenn ihr alle die Anweisungen zu hören bekommt. Ich möchte den Standort eines Dampfkahns ausfindig machen; Name *Aurora*, Besitzer Mordecai Smith, Farben schwarz mit zwei roten Streifen, Schornstein schwarz mit einem weißen Band. Er muß irgendwo flußabwärts liegen. Ich möchte, daß einer von euch bei Mordecai Smiths Landeplatz, gegenüber von Millbank, aufpaßt, ob das Boot zurückkommt. Die ganze Arbeit könnt ihr selbst untereinander aufteilen, aber sorgt dafür, daß beide Ufer gründlich durchkämmt werden. Wenn ihr etwas entdeckt, erstattet ihr augenblicklich Meldung. Alles klar?«

»Jawohl, Chef«, antwortete Wiggins.

»Besoldung wie üblich, und eine Guinee extra für denjenigen, der das Boot entdeckt. Hier ist ein Vorschuß für den ersten Tag. Und jetzt los mit euch!«

Nachdem er jedem von ihnen einen Shilling in die Hand gedrückt hatte, sausten sie das Treppenhaus hinunter, und einen Moment später sah ich sie die Straße entlangschwärmen.

»Sofern der Kahn auf dem Wasser liegt, werden sie ihn finden«, sagte Holmes, während er sich vom Tisch erhob und seine Pfeife anzündete. »Sie können überall hingehen, alles sehen, jedermann belauschen. Ich erwarte noch vor dem Abend die Nachricht, daß sie ihn ausfindig gemacht haben. In der Zwischenzeit können wir nichts anderes tun, als das Ergebnis der Suche abzuwarten. Erst wenn wir entweder die *Aurora* oder Mr. Mordecai Smith gefunden haben, können wir die unterbrochene Fährte wieder aufnehmen.«

»Ich würde meinen, daß Toby diese Reste da bekommen sollte. Gehen Sie zu Bett, Holmes?«

»Nein, ich bin nicht müde. Ich habe eine eigenartige Konstitution. Ich kann mich nicht erinnern, daß Arbeit mich jemals ermüdet hätte, während Untätigkeit mich zutiefst erschöpft. Ich werde ein wenig rauchen und über die absonderliche Sache nachdenken, in die uns meine schöne Klientin hineingezogen hat. Wenn eine Aufgabe je leicht zu lösen war, dann diese hier. Männer mit Holzbein sind nicht eben häufig, der andere freilich dürfte meiner Ansicht nach geradezu einzigartig sein.«

»Schon wieder dieser andere!«

»Es ist in keiner Weise meine Absicht, ihn mit dem Ruch des Geheimnisvollen zu umgeben, zumindest Ihnen gegenüber. Aber Sie müssen sich doch selbst eine Meinung über ihn gebildet haben. Bedenken Sie noch einmal die Gegebenheiten: winzige Fußspuren, Zehen, die nie durch einen Stiefel eingeengt worden sind, bloße Füße, eine hölzerne Streitaxt mit Steinkopf, außerordentliche Behendigkeit, kleine vergiftete Pfeile. Was schließen Sie aus alledem?«

»Ein Wilder!« rief ich aus. »Vielleicht einer von diesen Indern, die mit Jonathan Small verbündet waren.«

»Das wohl kaum«, versetzte er. »Als ich die ersten Spuren von seltsamen Waffen entdeckte, neigte ich auch zu diesem Schluß, aber der besondere Charakter der Fußabdrücke hat mich dazu bewogen, meine Ansichten zu revidieren. Zwar gibt es unter den Bewohnern der indischen Halbinsel Leute von kleinem Wuchs, aber die würden niemals Fußspuren solcher Art hinterlassen. Der Hindu im eigentlichen Sinn hat lange, schmale Füße. Der Mohammedaner ist ein Sandalenträger, und zwischen seinem großen Zeh und den übrigen Zehen gibt es einen deutlichen Abstand, weil da gewöhnlich der Riemen durchläuft. Hinzu kommt, daß solche winzigen Pfeile nur auf eine einzige Weise abgeschossen werden können; sie stammen aus einem Blasrohr. Nun denn, wo müssen wir also nach unserem Wilden suchen?«

»In Südamerika«, sagte ich auf gut Glück.

Er streckte den Arm aus und nahm einen voluminösen Band vom Bücherregal herunter.

»Dies hier ist der erste Band einer geographischen Enzyklopädie, die jetzt nach und nach erscheinen wird. Wir können davon ausgehen, daß sie den neuesten Stand des Wissens enthält. Also, was haben wir hier? ›Andamanen-Inseln, 340 Meilen nördlich von Sumatra in der Bucht von Bengalen gelegen.‹ Hm, hm; was haben wir denn da? Feuchtheißes Klima, Korallenriffe, Haie, Port Blair, Sträflingsbaracken, Insel Rutland, dreiecksblättrige Pappeln ... Aha, jetzt kommt es! ›Die Ureinwohner der Andamanen dürfen vermutlich die Ehre für sich in Anspruch nehmen, die kleinste Rasse der Erde zu sein, wiewohl gewisse Anthropologen eher dazu neigen, diesen Rang den Buschmännern Afrikas, den Digger-Indianern Amerikas oder den Ureinwohnern von Feuerland zuzuerkennen. Ihre durchschnittliche Größe liegt etwas unter vier Fuß; es lassen sich jedoch viele voll ausgewachsene Erwachsene finden, die noch beträchtlich kleiner sind. Sie sind ein wildes, verschlossenes und widerspenstiges Volk; ist ihr Vertrauen jedoch einmal gewonnen, so sind sie zu tiefer Freundschaft und Anhänglichkeit fähig.‹ Behalten Sie das in Erinnerung, Watson. Und jetzt, hören Sie sich das an. ›Sie haben große, ungestalte Köpfe, kleine, wild blickende Augen und unregelmäßige Gesichtszüge, sind also von Natur aus abstoßend. Ihre Hände und Füße sind indessen auffallend klein. Die Wildheit und Widerspenstigkeit dieses Volkes ist so groß, daß sämtliche Anstrengungen seitens der britischen Behörden, auch nur ansatzweise so etwas wie freundschaftliche Beziehungen zu ihnen aufzunehmen, gescheitert sind. Bis zum heutigen Tage sind sie der Schrecken aller Schiffbrüchigen geblieben, da sie den Überlebenden entweder mit ihren mit Steinköpfen versehenen Keulen den Schädel einschlagen oder sie mit ihren vergifteten Pfeilen niedermachen. Abschluß und Höhepunkt eines derartigen Massakers bildet regelmäßig ein kannibalisches Gelage.‹ Nettes, liebenswürdiges Völkchen, was, Watson? Wäre dieser Bursche ganz auf sich gestellt gewesen und hätte seinen Neigungen nachgeben können, hätte diese Angelegenheit wohl einen noch gräßlicheren Ausgang genommen! Wie die Dinge liegen, kann ich mir vorstellen, daß Jonathan Small viel darum geben würde, ihn nie in seine Dienste genommen zu haben.«

»Aber wie ist er zu einem so eigenartigen Gefährten gekommen?«

»Nun, das kann ich Ihnen auch nicht sagen. Da jedoch Small, wie wir bereits früher festgestellt haben, von den Andamanen gekommen sein muß, kann ich nichts so über alle Maßen Wunderliches darin erblicken, daß er diesen Insulaner bei sich hat. Zweifellos werden wir schon in Bälde all das wissen. Aber hören Sie, Watson, Sie sehen total erledigt aus. Legen Sie sich doch da drüben aufs Sofa; mal sehen, ob es mir nicht gelingt, Sie einzuschläfern.«

Er holte seine Geige aus der Ecke hervor, und während ich mich auf dem Sofa ausstreckte, begann er, eine leise, verträumte, einschmeichelnde Melodie zu spielen – zweifellos eine selbsterfundene, denn er hatte ein beachtliches Talent zur Improvisation. Die Hagerkeit seiner Gliedmaßen, der Ernst seines Gesichtes und das Auf und Ab seines Geigenbogens sind das letzte, dessen ich mich noch vage erinnere. Dann schien mich eine sanfte Flut von Tönen zu umfangen und behutsam ins Land der Träume hinüberzutragen, wo das liebliche Antlitz von Mary Morstan auf mich herabblickte.

# 9. DIE KETTE REISST AB

Der Nachmittag war schon fortgeschritten, als ich, gekräftigt und erquickt, erwachte. Sherlock Holmes saß noch genau so da wie zuvor, außer daß er seine Geige beiseitegelegt hatte und in ein Buch vertieft war. Sobald ich mich regte, blickte er zu mir herüber, und mir fiel auf, daß seine Miene finster und besorgt war.

»Sie haben einen gesunden Schlaf«, sagte er. »Ich fürchtete schon, daß unser Gespräch Sie wecken könnte.«

»Ich habe nichts gehört«, erwiderte ich. »Haben Sie etwas Neues erfahren?«

»Leider nein. Ich muß gestehen, daß ich überrascht und enttäuscht bin. Ich hatte erwartet, um diese Zeit etwas Konkretes in der Hand zu haben. Wiggins war eben hier, um zu rapportieren. Er sagt, von dem Boot sei keine Spur zu finden. Das ist ein ärgerlicher Rückschlag, denn jetzt ist jede Stunde kostbar.«

»Kann ich irgend etwas tun? Ich bin vollkommen ausgeruht und einem weiteren nächtlichen Ausflug gar nicht abgeneigt.«

»Nein, wir können nichts anderes tun als warten. Wenn wir hier weggehen, besteht die Gefahr, daß die Nachricht während unserer Abwesenheit eintrifft und die ganze Sache sich dadurch verzögert. Sie können tun, was Ihnen beliebt, aber ich muß hier auf dem Posten bleiben.«

»In diesem Fall werde ich auf einen Sprung zu Mrs. Cecil Forrester nach Camberwell hinübergehen. Sie hat mich gestern darum gebeten.«

»So, zu Mrs. Cecil Forrester?« versetzte Holmes, und ein Lächeln blitzte in seinen Augen auf.

»Nun, selbstverständlich auch zu Miss Morstan. Sie beide waren sehr gespannt zu erfahren, was weiter vorgefallen ist.«

»Ich würde ihnen nicht zuviel erzählen«, sagte Holmes.

»Frauen kann man nie ganz trauen – nicht einmal den allerbesten.«

Auf einen Streit über diese abscheuliche Geisteshaltung ließ ich mich gar nicht erst ein.

»Ich bin in ein, zwei Stunden wieder da«, sagte ich.

»In Ordnung. Und viel Glück! Ach, da fällt mir gerade ein, wenn Sie sowieso auf die andere Flußseite fahren, könnten Sie eigentlich Toby zurückbringen, denn ich halte es jetzt für äußerst unwahrscheinlich, daß wir ihn nochmals brauchen werden.«

Ich nahm also den Bastard mit und lieferte ihn, zusammen mit einem halben Sovereign, bei dem alten Tierpräparator in der Pinchin Lane ab. In Camberwell fand ich Miss Morstan zwar noch von den Ereignissen der vergangenen Nacht gezeichnet, jedoch sehr begierig, die letzten Neuigkeiten von mir zu erfahren, und auch Mrs. Forrester war voller Neugierde. Ich erzählte ihnen alles, was wir erlebt hatten, verschwieg allerdings die besonders gräßlichen Aspekte der Tragödie. So berichtete ich zwar von Mr. Sholtos Tod, behielt jedoch die genaueren Umstände und die Methode, mittels deren er umgebracht worden war, für mich. Aber trotz all dieser Aussparungen gab es noch mehr als genug, sie mit Verwunderung und Schrecken zu erfüllen.

»Das ist ja der reinste Abenteuerroman!« rief Mrs. Forrester. »Eine junge Lady in Bedrängnis, ein Schatz im Wert von einer halben Million und ein schwarzer Kannibale und ein Bösewicht mit Holzbein anstelle des traditionellen Drachen oder ruchlosen Grafen.«

»Und zwei fahrende Ritter, die Rettung bringen«, fügte Miss Morstan hinzu, mit einem strahlenden Blick auf mich.

»Aber Mary, für Sie hängt ein Vermögen ab vom Ausgang dieser Suche. Mir scheint, Sie sind längst nicht aufgeregt genug. Stellen Sie sich doch einmal vor, wie das sein muß, solche Reichtümer zu besitzen und die ganze Welt zu Füßen zu haben!«

Ich fühlte, wie mich ein leiser Freudenschauer durchrieselte, als ich sah, daß diese Aussicht sie nicht mit besonderer Begeisterung zu erfüllen schien, sondern daß sie vielmehr ihr stolzes Haupt in den Nacken warf, als ob sie die Sache wenig interessierte.

»Ich sorge mich nur wegen Mr. Thaddeus Sholto«, sagte sie; »alles andere ist nebensächlich. Ich finde, er hat sich die ganze Zeit über äußerst freundlich und ehrenhaft verhalten. Es ist unsere Pflicht, ihn von dieser entsetzlichen und unbegründeten Beschuldigung zu entlasten.«

Der Abend war schon hereingebrochen, als ich Camberwell verließ, und als ich zuhause ankam, war es völlig dunkel. Buch und Pfeife meines Gefährten lagen neben seinem Lehnstuhl, er selber aber war verschwunden. Ich schaute mich um, in der Hoffnung, irgendwo eine Notiz zu entdecken, fand jedoch nichts.

»Mr. Sherlock Holmes ist wohl ausgegangen?« sagte ich zu Mrs. Hudson, als sie heraufkam, um die Rouleaus herunterzulassen.

»Nein, Sir. Er ist auf seinem Zimmer, Sir. Wissen Sie was, Sir«, und hier senkte sie ihre Stimme, bis nur noch ein eindringliches Flüstern hörbar war, »ich mache mir Sorgen um seine Gesundheit.«

»Warum denn das, Mrs. Hudson?«

»Nun, er ist so seltsam, Sir. Kaum waren Sie weg, hat er angefangen, im Zimmer auf und ab zu gehn, auf und ab, auf und ab, bis ich ganz krank war vom Geräusch seiner Schritte. Dann hab ich ihn mit sich selber sprechen und vor sich hin murmeln hören, und jedesmal, wenn die Klingel gegangen ist, ist er oben auf dem Treppenabsatz erschienen mit einem ›Was ist los, Mrs. Hudson?‹ Und jetzt hat er die Tür zu seinem Zimmer hinter sich zugeknallt, aber ich hör ihn immer noch herumgehen, genau wie vorher. Ich hoffe, er wird nicht krank, Sir. Ich habe mir erlaubt, ihm gegenüber etwas von einem Beruhigungsmittel zu erwähnen, aber da hat er sich zu mir umgedreht, Sir, mit einem Blick, daß ich jetzt noch nicht weiß, wie ich heil aus dem Zimmer rausgekommen bin.«

»Ich glaube nicht, daß ein Grund zur Besorgnis vorliegt, Mrs. Hudson«, entgegnete ich ihr. »Ich habe ihn schon des öftern so gesehen. Es gibt da bloß ein kleines Problem, das ihm im Kopf herumgeht und keine Ruhe läßt.«

Im Gespräch mit unserer ehrenwerten Wirtin hatte ich mich bemüht, einen möglichst unbekümmerten Ton anzuschlagen, begann jedoch selbst Besorgnis zu verspüren, als ich im Laufe der Nacht immer wieder das dumpfe Geräusch seiner Schritte vernahm, da ich mir bewußt war, wie sehr sein wacher Geist sich gegen diese unfreiwillige Untätigkeit aufbäumen mußte.

Beim Frühstück sah er abgezehrt und erschöpft aus, mit einem kleinen Fleck von fiebrigem Rot auf jeder Wange.

»Sie machen sich kaputt so, alter Freund«, bemerkte ich. »Ich habe Sie die ganze Nacht herumspazieren hören.«

»Nein, ich konnte nicht schlafen«, antwortete er. »Dieses teuflische Problem reibt mich völlig auf. Es ist einfach nicht zu fassen, daß wir an einem so lächerlichen Hindernis scheitern sollten, nachdem wir alle anderen Probleme gemeistert haben. Ich weiß Bescheid über die Männer, über den Kahn, über alles; und doch kommen wir nicht weiter. Ich habe weitere Agenten auf den Fall angesetzt und alle Mittel, die mir zur Verfügung standen, ausgeschöpft. Beide Ufer des Flusses sind gründlich abgesucht worden, aber das hat uns auch nicht weitergebracht; und auch Mrs. Smith hat nichts von ihrem Gemahl gehört. Man könnte beinahe zu dem Schluß kommen, daß sie den Kahn versenkt haben. Aber es gibt einiges, was dagegen spricht.«

»Oder aber Mrs. Smith hat uns auf eine falsche Fährte gelenkt.«

»Nein, ich glaube, das können wir ausschließen. Ich habe Erkundigungen einziehen lassen; es gibt einen Kahn, auf den ihre Beschreibung zutrifft.«

»Wäre es möglich, daß sie flußaufwärts gefahren sind?«

»Diese Möglichkeit habe ich ebenfalls in Betracht gezogen, und es gibt einen Suchtrupp, der das Gebiet bis nach Richmond hinauf durchkämmt. Wenn heute keine Nachricht eintrifft, mache ich mich morgen selbst auf die Suche, und zwar weniger nach dem Kahn als nach den Männern. Aber irgendwas werden wir bestimmt noch hören, ganz bestimmt.«

Jedoch wir hörten nichts; weder von Wiggins noch einem der anderen Agenten auch nur ein Wort. Die meisten Zeitungen brachten einen Artikel über die Tragödie von Norwood, und sie alle schienen recht deutlich gegen den unglücklichen Thaddeus Sholto eingenommen zu sein. Sie enthielten indessen keine neuen Einzelheiten, außer der, daß am folgenden Tag eine gerichtliche Untersuchung stattfinden sollte. Am Abend ging ich zu Fuß nach Camberwell hinüber, um den Damen von unserem Mißerfolg zu berichten, und als ich zurückkehrte, traf ich Holmes niedergeschlagen und recht verdrießlich an. Er antwortete mir kaum auf meine Fragen und machte sich den ganzen Abend lang mit einer abstrusen chemischen Analyse zu schaffen, die allerhand Erhitzen von Retorten und Destillieren von Dämpfen mit sich brachte und zu guter Letzt in einem Geruch resultierte, der mich beinahe aus dem Hause trieb. Bis in die frühen Morgenstunden hinein hörte ich das Klirren der Reagenzgläser, das mir verriet, daß er noch immer in sein mephitisches Experiment vertieft war.

Im ersten Morgengrauen fuhr ich plötzlich aus dem Schlaf auf und fand Holmes zu meiner Überraschung neben meinem Bett stehen. Er trug grobe Seemannskleider, eine Matrosenjacke und hatte sich ein derbes rotes Halstuch umgebunden.

»Ich ziehe jetzt los flußabwärts, Watson«, sagte er. »Ich habe mir die Sache wieder und wieder durch den Kopf gehen lassen und sehe nur noch eine Möglichkeit. Die ist auf jeden Fall einen Versuch wert.«

»Da kann ich doch sicher mitkommen?« sagte ich.

»Nein; Sie sind mir von weit größerem Nutzen, wenn Sie hierbleiben als mein Stellvertreter. Ich gehe äußerst ungern, denn es ist gut möglich, daß im Laufe des Tages eine Meldung eintrifft, obwohl Wiggins die Sache gestern abend für aussichtslos gehalten hat. Ich möchte, daß Sie sämtliche Briefe und Telegramme öffnen und, falls sich etwas Neues ergibt, nach Ihrem Gutdünken handeln. Kann ich mich auf Sie verlassen?«

»Selbstverständlich.«

»Ich fürchte, daß es nicht möglich sein wird, mir zu kabeln, da ich kaum vorhersagen kann, wohin es mich verschlagen wird. Aber mit etwas Glück werde ich nicht allzulange ausbleiben. Und wenn ich zurückkehre, werde ich schon irgendwelche Neuigkeiten zu berichten haben.«

Zur Frühstückszeit lag noch keine Nachricht von ihm vor. Als ich jedoch den *Standard* aufschlug, fand ich eine neue Notiz zu dem Fall.

> Im Zusammenhang mit der Tragödie von Upper Norwood verdichten sich die Hinweise darauf, daß die Angelegenheit noch weit komplexer und mysteriöser ist als bisher angenommen. Wie letzte Zeugenaussagen ergeben haben, läßt sich mit absoluter Sicherheit ausschließen, daß Mr. Thaddeus Sholto in irgendeiner Weise in den Fall verwickelt ist. Er und die Haushälterin, Mrs. Bernstone, wurden beide noch gestern abend auf freien Fuß gesetzt. Aus gut unterrichteten Kreisen verlautet jedoch, daß die Polizei im Besitz von Hinweisen bezüglich der wirklichen Täterschaft sein soll und daß Mr. Athelney Jones von Scotland Yard im Begriff ist, ihnen mit der ihm eigenen Tatkraft und Weitsicht nachzugehen. Weitere Verhaftungen stehen jeden Augenblick bevor.

»Das ist ja soweit ganz erfreulich«, dachte ich. »Wenigstens ist Freund Sholto jetzt in Sicherheit. Ich möchte bloß wissen, was es mit diesen neuen Hinweisen auf sich hat, wobei es freilich so aussieht, als käme diese Floskel immer dann zur Anwendung, wenn die Polizei einen Patzer gemacht hat.«

Ich ließ die Zeitung auf den Tisch sinken, aber in diesem Moment fiel mein Blick auf eine Annonce in der Seufzerspalte. Sie lautete folgendermaßen:

Vermisst werden Mordecai Smith, Bootsvermieter, und sein Sohn Jim, die am letzten Dienstag, ungefähr um drei Uhr morgens, Smiths Landeplatz verlassen haben an Bord der *Aurora*, eines schwarzen Dampfkahns mit zwei roten Streifen, Schornstein schwarz mit weißem Band. Hinweise über den Verbleib des besagten Mordecai Smith und seines Bootes *Aurora* sind zu richten an Mrs. Smith, Smiths Landeplatz, oder Baker Street 221b, und werden mit der Summe von fünf Pfund belohnt.

Dies war eindeutig Holmes' Werk. Die Adresse in der Baker Street war Beweis genug dafür. Ich fand den Einfall äußerst raffiniert, denn wenn die Flüchtigen es lesen sollten, würden sie nichts weiter dahinter vermuten als die ganz natürliche Sorge einer Frau um ihren verschwundenen Ehemann.

Es war ein langer Tag. Jedesmal, wenn es klopfte an der Tür oder wenn ich draußen auf der Straße einen eiligen Schritt hörte, bildete ich mir ein, daß dies entweder Holmes, der zurückkehrte, oder eine Reaktion auf seine Annonce sein müsse. Ich versuchte zu lesen, aber meine Gedanken schweiften immer wieder ab zu unserer seltsamen Suche und dem ungleichen üblen Paar, das wir verfolgten. Gab es vielleicht, so fragte ich mich, einen grundlegenden Fehler in der Gedankenkette meines Freundes? War er das Opfer einer umfassenden Selbsttäuschung? Könnte es sein, daß sein regsamer und zu Spekulationen neigender Geist diese phantastische Theorie auf falschen Voraussetzungen aufgebaut hatte? Zwar hatte er sich meines Wissens noch nie geirrt, aber auch dem scharfsinnigsten Denker konnte einmal ein Fehler unterlaufen. Bei ihm bestand, wie mir schien, gerade durch die Überraffinesse seiner Logik, durch seinen Hang, der subtileren und ausgefalleneren Lösung den Vorzug zu geben, selbst wenn sich eine einfachere und gewöhnlichere aufdrängte, eine gewisse Gefahr, in die Irre zu gehen. Andererseits hatte ich mit eigenen Augen die Indizien gesehen und die Begründungen für all seine Deduktionen gehört. Wenn ich auf die lange Kette merkwürdiger Umstände zurückblickte, von denen zwar manch einer für sich allein genommen wenig bedeutend erschien, die aber alle in dieselbe Richtung wiesen, so mußte ich mir eingestehen, daß, selbst wenn Holmes' Hypothese falsch sein sollte, die richtige Lösung ebenso ausgefallen und verblüffend sein mußte.

Um drei Uhr nachmittags ertönte ein lautes Klingeln an der Haustür, dann eine gebieterische Stimme im Flur, worauf zu meiner Überraschung kein Geringerer als Mr. Athelney Jones zu mir heraufgeführt wurde. Wie wenig glich er jedoch nun dem schroffen, herrischen Verfechter des gesunden Menschenverstandes, als der er den Fall in Upper Norwood so selbstgewiß übernommen hatte. Seine Miene war niedergeschlagen und sein Auftreten bescheiden, wenn nicht gar kleinlaut.

»Guten Tag, Sir, einen schönen guten Tag«, sagte er. »Mr. Sherlock Holmes ist abwesend, wenn ich recht verstehe?«

»Ja, und ich kann Ihnen nicht mit Bestimmtheit sagen, wann er wieder kommt. Aber wenn Sie hier auf ihn warten möchten. Nehmen Sie doch in dem Sessel da Platz und versuchen Sie eine dieser Zigarren.«

»Vielen Dank, ich habe gar nichts dagegen einzuwenden«, sagte er und wischte sich mit einem großen roten Taschentuch das Gesicht ab.

»Einen Whisky mit Soda?«

»Nun, ein halbes Glas voll, gern. Es ist sehr heiß für diese Jahreszeit; und es gibt so vieles, was mir Kummer und Sorgen bereitet. Sie kennen meine Theorie über diesen Norwood-Fall?«

»Ich erinnere mich, daß Sie eine formuliert haben.«

»Nun, ich bin gezwungen worden, sie zu revidieren. Ich hatte das Netz schon ganz eng um Mr. Sholto zusammengezogen, da plötzlich, plopp, entwischt er mir durch ein Loch in der Mitte. Er war imstande, ein hieb- und stichfestes Alibi vorzulegen. Von dem Zeitpunkt an, da er das Zimmer seines Bruders verlassen hat, gibt es nicht einen einzigen Moment, an dem nicht der eine oder andere ihn gesehen hat. Folglich kann er es nicht gewesen sein, der über Dächer und durch Dachluken geklettert ist. Der Fall ist äußerst verworren, und mein Ruf als Detektiv steht auf dem Spiel. Ich wäre sehr froh um ein wenig Unterstützung.«

»Wir alle brauchen manchmal etwas Hilfe«, sagte ich.

»Ihr Freund, Mr. Sherlock Holmes, ist ein bewundernswerter Mann, Sir«, vertraute er mir mit belegter Stimme an. »Er ist wirklich unübertrefflich. Ich habe diesen jungen Mann schon so manchen Fall angehen sehen, aber bis heute ist mir noch keiner untergekommen, in den er nicht etwas Licht gebracht hätte. Er ist etwas unkonventionell in seinen Methoden und vielleicht ein wenig rasch mit Theorien bei der Hand, aber im großen und ganzen würde ich sagen, daß er einen sehr vielversprechenden Polizeioffizier abgegeben hätte, und das kann hören, wer will. Ich habe heute morgen ein Kabel von ihm erhalten, dem ich entnehme, daß er in dieser Sholto-Sache eine neue Spur gefunden hat. Hier ist die Botschaft.«

Er zog das Telegramm aus der Tasche und reichte es mir. Es war um zwölf Uhr in Poplar aufgegeben worden. »Gehen Sie unverzüglich in die Baker Street«, stand da. »Warten Sie dort, falls ich noch nicht zurück bin. Ich bin der Sholto-Bande dicht auf den Fersen. Wenn Sie Lust haben, beim Finale dabeizusein, können Sie uns heute abend begleiten.«

»Das klingt gut. Offenbar hat er die Fährte wieder aufgenommen«, sagte ich.

»Aha, dann hatte er sich also auch geirrt«, rief Jones mit offenkundiger Befriedigung. »Ja, ja, selbst die Besten von uns werden zuweilen abgeschüttelt. Vielleicht erweist sich die Sache ja als Fehlalarm; aber als Vertreter des Gesetzes bin ich verpflichtet, jede Chance wahrzunehmen. Aber da ist jemand an der Tür. Vielleicht ist er es.«

Man hörte schwere Schritte die Treppe heraufkommen, begleitet von lautem Keuchen und Prusten wie von jemandem,

dem das Atmen schwer zu schaffen macht. Ein- oder zweimal hielt er inne, als ob die Anstrengung zu groß für ihn wäre, schließlich erreichte er jedoch unsere Tür und trat ein. Seine Erscheinung entsprach den Geräuschen, die wir eben gehört hatten. Es war ein bejahrter Mann in Seemannstracht, der seine Matrosenjacke bis zum Hals zugeknöpft trug. Sein Rükken war gebeugt, seine Knie zittrig und sein Atem quälend asthmatisch. Wie er so dastand, auf seinen dicken Eichenstock gestützt, zogen sich seine Schultern krampfhaft hoch in dem Versuch, Luft in die Lungen zu saugen. Um sein Kinn war ein buntes Halstuch gebunden, so daß ich von seinem Gesicht nicht viel sehen konnte außer einem Paar lebhafter, dunkler Augen, die von buschigen weißen Brauen überschattet waren, und einem langen, grauen Backenbart. Alles in allem machte er auf mich den Eindruck eines ehrbaren Kapitäns, der durch Alter und Armut ein wenig heruntergekommen war.

»Was bringt Sie her, guter Mann?« fragte ich.

Er ließ seinen Blick in der bedächtigen, gründlichen Manier, die dem Alter eigen ist, durch das Zimmer schweifen.

»Ist Mr. Sherlock Holmes hier?« fragte er.

»Nein, aber ich bin sein Stellvertreter. Sie können mir jegliche Nachricht, die Sie für ihn haben, anvertrauen.«

»Es ist etwas, das ich ihm selber sagen sollte«, versetzte er.

»Aber ich sage Ihnen doch, daß ich sein Stellvertreter bin. Geht es um das Boot von Mordecai Smith?«

»Ja, ich weiß nämlich ganz genau, wo es ist. Und ich weiß, wo die Männer sind, wo er hinterher ist. Und ich weiß, wo der Schatz ist. Ich weiß überhaupt alles.«

»Dann sagen Sie es mir, und ich werde es ihm ausrichten.«

»Ihm selber sollt ich es sagen«, wiederholte er mit der reizbaren Starrköpfigkeit des hohen Alters.

»Nun, dann müssen Sie eben auf ihn warten.«

»Nein, kommt nicht in Frage. Ich werd doch nicht 'n ganzen Tag verplempern, bloß um jemand 'n Gefallen zu tun. Wenn Mr. Holmes nicht hier ist, dann muß er eben selbst sehen, wie er alles rausfindet. Ihr paßt mir sowieso nicht, wie ihr ausschaut, aus mir kriegt ihr kein Wort raus.«

Er schlurfte auf die Tür zu, aber Athelney Jones verstellte ihm den Weg.

»Nicht so eilig, mein Freund«, sagte er. »Du verfügst über wichtige Informationen und kannst nicht einfach so davonmarschieren. Ob es dir paßt oder nicht, du wirst hierbleiben, bis unser Freund zurückkommt.«

Der alte Mann rannte ein paar Schritte auf die Tür zu, aber als Athelney Jones sich mit seinem breiten Rücken dagegenstemmte, sah er die Nutzlosigkeit seines Widerstandes ein.

»Feine Behandlung, was man hier kriegt«, schrie er und polterte mit seinem Stock. »Ich komm hierher, um 'n Gentleman zu besuchen, und ihr beide, die ich mein Lebtag noch nicht gesehen hab, packt mich und behandelt mich auf diese Weise!«

»Es soll Ihr Schaden nicht sein«, sagte ich. »Wir werden Sie entschädigen für die Zeit, die Sie hier versäumen. Nehmen Sie nur hier auf dem Sofa Platz, es wird bestimmt nicht lange dauern.«

Mit beträchtlichem Widerstreben kam er zurück, setzte sich und vergrub sein Gesicht in beide Hände. Jones und ich wandten uns wieder unseren Zigarren und unserem Gespräch zu. Plötzlich platzte Holmes' Stimme in unsere Unterhaltung herein.

»Sie könnten mir ruhig auch eine Zigarre anbieten, finde ich«, tönte es.

Wir fuhren von unseren Sesseln auf. Direkt neben uns saß Holmes mit dem Ausdruck stiller Belustigung.

»Holmes!« rief ich aus. »Sie hier! Aber wo ist der alte Mann geblieben?«

»Hier ist der alte Mann«, antwortete er und hielt eine Fülle weißen Haares empor. »Hier ist er – Perücke, Backenbart, Augenbrauen, das ganze Drum und Dran. Ich wußte zwar, daß meine Maskerade ziemlich gut ist, aber daß sie dieser Prüfung standhalten würde, hätte ich kaum gedacht.«

»Sie Schuft, Sie!« rief Jones, aufs höchste amüsiert. »Sie hätten einen Schauspieler abgegeben, und zwar einen, wie man ihn nicht alle Tage sieht. Sie hatten einen waschechten Armenhäuslerhusten, und die Nummer mit den schwachen Beinen ist zehn Pfund die Woche wert. Allerdings ist mir das Glitzern Ihrer Augen irgendwie bekannt vorgekommen. Wie Sie gesehen haben, wären Sie uns nicht so leicht entwischt.«

»Ich habe den ganzen Tag in diesem Aufzug gearbeitet«, sagte Holmes und steckte sich eine Zigarre an. »Sie müssen wissen, daß ich in Verbrecherkreisen allmählich bekannt bin, vor allem seit unser Freund hier angefangen hat, einige meiner Fälle zu veröffentlichen. Ich kann mich deshalb nur noch leicht verkleidet wie jetzt eben auf den Kriegspfad begeben. Haben Sie mein Kabel erhalten?«

»Ja, deshalb bin ich hier.«

»Wie gedeiht Ihr Fall?«

»Es hat sich alles im Sand verlaufen. Ich war gezwungen, zwei meiner Gefangenen freizulassen, und gegen die anderen zwei liegen auch keine Beweise vor.«

»Halb so schlimm. Wir werden Ihnen als Ersatz zwei neue liefern. Vorausgesetzt, Sie unterstellen sich meinem Befehl. Der öffentliche Ruhm steht voll und ganz zu Ihrer Verfügung, aber Sie müssen sich an die Weisungen halten, die ich Ihnen gebe. Einverstanden?«

»Voll und ganz, wenn Sie mir zu den Männern verhelfen.«

»Nun gut; zuerst einmal brauche ich ein schnelles Polizeiboot, ein Dampfboot, das um sieben Uhr bei den Treppen von Westminster für uns bereitliegt.«

»Das läßt sich leicht machen. Da ist immer eins in dieser Gegend, aber ich kann rasch über die Straße gehen und telephonieren, um sicher zu sein.«

»Außerdem brauche ich zwei zuverlässige Männer, für den Fall, daß Widerstand geleistet wird.«

»Es werden zwei oder drei in dem Boot sein. Sonst noch etwas?«

»Wenn wir die Männer fassen, wird uns auch der Schatz in

die Hände fallen. Ich denke, daß es meinem Freund hier Freude machen würde, die Schatztruhe der jungen Dame zu überbringen, der die Hälfte davon rechtens zusteht. Sie soll die erste sein, welche die Truhe öffnet. Na, Watson, was meinen Sie dazu?«

»Es wäre mir eine große Freude.«

»Ein ziemlich regelwidriges Vorgehen«, bemerkte Jones kopfschüttelnd. »Aber was soll's, die ganze Sache ist regelwidrig; es bleibt mir wohl nichts anderes übrig, als ein Auge zuzudrücken. Danach muß der Schatz jedoch den Behörden übergeben werden, bis die offizielle Untersuchung abgeschlossen ist.«

»Selbstverständlich, das wird sich leicht machen lassen. Noch etwas; es läge mir sehr viel daran, einige Einzelheiten im Zusammenhang mit diesem Fall aus dem Munde von Jonathan Small selbst zu erfahren. Sie wissen, daß ich Wert darauf lege, meine Fälle bis in die letzte Einzelheit zu klären. Sie haben doch nichts dagegen einzuwenden, wenn ich, sei es nun hier in meinem Quartier oder anderswo, ein kleines Privatgespräch mit ihm führe, vorausgesetzt, daß er streng bewacht wird?«

»Nun, Sie sind der Herr der Lage. Ich habe bis anhin noch keinen Beweis dafür, daß es diesen Jonathan Small wirklich gibt. Sollte es Ihnen jedoch gelingen, ihn zu fangen, so sehe ich nicht, wieso ich Ihnen ein Gespräch mit ihm verweigern sollte.«

»Sie sind also damit einverstanden?«

»Ja, absolut. Sonst noch etwas?«

»Ja, ich bestehe darauf, daß Sie uns beim Abendessen Gesellschaft leisten. Es wird in einer halben Stunde bereit sein. Ich habe Austern, zwei Birkhühner und etwas vom Erleseneren, was man an Weißwein finden kann. Es ist an der Zeit, Watson, daß Sie meine Talente als Hausherr einmal gebührend würdigen.«

## 10. DAS ENDE DES INSULANERS

UNSER Mahl nahm einen heiteren Verlauf. Holmes war ein blendender Unterhalter, wenn er wollte, und an diesem Abend wollte er. Er schien sich in einem Zustand nervöser Hochstimmung zu befinden. Nie zuvor hatte ich ihn so brillant erlebt. Er streifte in rascher Folge die verschiedensten Themen – Mirakelspiele, mittelalterliche Töpferkunst, Stradivari-Geigen, den Buddhismus auf Ceylon und die Kriegsschiffe der Zukunft – und verstand es, auf jedes einzelne so einzugehen, als sei es sein Spezialgebiet. Seine glänzende Laune zeigte an, daß die schwarze Depression der vergangenen Tage überwunden war. Athelney Jones war, wie sich herausstellte, in seinen Mußestunden ein recht umgänglicher Mensch und sprach dem Mahl mit der Miene eines Bonvivant zu. Was mich betrifft, so stimmte mich der Gedanke, daß wir uns dem Ende unserer Aufgabe näherten, zuversichtlich, und ich ließ mich von Holmes' Fröhlichkeit etwas anstecken. Während des ganzen Abendessens wurde der eigentliche Grund unseres Beisammenseins mit keinem Wort erwähnt.

Als der Tisch abgeräumt war, warf Holmes einen Blick auf seine Uhr und füllte drei Gläser mit Portwein.

»Stoßen wir an auf das Gelingen unserer kleinen Expedition«, sagte er. »Und nun ist es höchste Zeit aufzubrechen. Haben Sie eine Pistole, Watson?«

»Mein alter Dienstrevolver liegt in meinem Schreibtisch.«

»Sie sollten ihn besser holen; sicher ist sicher. Wie ich sehe, steht die Droschke schon vor der Tür. Ich habe sie für halb sieben bestellt.«

Es war kurz nach sieben, als wir den Landeplatz bei Westminster erreichten, wo unser Boot wartete. Holmes beäugte es kritisch.

»Gibt es irgend etwas, was es als Polizeiboot kennzeichnet?«

»Ja, diese grüne Laterne an der Seite.«

»Dann entfernen Sie sie.«

Die kleine Veränderung wurde vorgenommen, wir gingen an Bord, und die Taue wurden gelöst. Jones, Holmes und ich saßen im Heck. Außer uns gab es einen Mann am Steuerruder, einen, der die Maschinen bediente, und vorn im Boot zwei stämmige Polizeiinspektoren.

»Wohin?« fragte Jones.

»Zum Tower. Sagen Sie ihnen, daß sie gegenüber von Jacobsons Werft anhalten sollen.«

Unser Boot entpuppte sich als ein äußerst schnelles Gefährt. Wir schossen an einer langen Reihe beladener Schleppkähne vorbei, als ob diese stillstünden. Holmes lächelte voller Zufriedenheit, als wir einen Flußdampfer überholten und hinter uns ließen.

»Es sieht so aus, als ob wir alles auf dem Fluß einholen könnten«, sagte er.

»Nun, das wohl kaum. Aber es gibt nicht manches Boot, das unserem überlegen ist.«

»Wir müssen die *Aurora* kriegen, und die steht im Ruf, ein wahres Rennboot zu sein. Und jetzt, Watson, will ich Ihnen erzählen, wie die Dinge stehen. Erinnern Sie sich noch, wie verärgert ich war, daß ich an einer solchen Bagatelle scheitern sollte?«

»Ja.«

»Nun, ich habe meinem Geist eine gründliche Erholung gegönnt, indem ich mich in eine chemische Analyse vertiefte. Einer unserer größten Staatsmänner hat gesagt, ein Wechsel der Tätigkeit sei die beste Erholung. Und genau so ist es. Nachdem es mir gelungen war, den Kohlenwasserstoff, mit dem ich mich beschäftigte, in seine Bestandteile zu zerlegen, kam ich auf das Sholto-Problem zurück und ließ mir die ganze Sache nochmals durch den Kopf gehen. Meine Jungen waren flußauf- und flußabwärts ausgeschwärmt, ohne Erfolg. Der Kahn war weder bei einem Bootssteg oder Landeplatz vertäut, noch war er zu seinem Ausgangspunkt zurückgekehrt. Dennoch schien es kaum wahrscheinlich, daß sie ihn versenkt hatten, um ihre Spuren zu verwischen, obwohl dies als letztmögliche Erklärung im Auge zu behalten war, wenn alles andere fehlschlagen sollte. Ich wußte, daß dieser Small über ein gewisses Maß an primitiver Schlauheit verfügt; einen fein ausgeklügelten Schachzug traute ich ihm jedoch nicht zu, da dies gewöhnlich eine gewisse Bildung voraussetzt. Des weiteren überlegte ich mir, daß er sich eine Weile in London aufgehalten haben mußte, denn wir haben Beweise dafür, daß er *Pondicherry Lodge* während längerer Zeit überwacht hat; es war ihm deshalb wohl kaum möglich, von einem Moment auf den anderen zu verschwinden, sondern er würde eine gewisse Zeit, wenn auch vielleicht nur einen Tag, benötigen, um seine Angelegenheiten zu regeln. So verhielt es sich jedenfalls aller Wahrscheinlichkeit nach.«

»Das scheint mir nicht besonders überzeugend«, entgegnete ich. »Wahrscheinlicher ist doch, daß er seine Angelegenheiten geregelt hat, bevor er sich zu diesem Unternehmen anschickte.«

»Nein, das glaube ich eben nicht. Dieser Unterschlupf war im Notfall ein viel zu wertvoller Zufluchtsort für ihn, als daß er ihn aufgegeben hätte, ehe er sicher war, ihn nicht mehr zu benötigen. Dann kam mir aber noch ein zweiter Gedanke. Jonathan Small mußte wissen, daß das eigenartige Äußere seines Genossen, wie sehr er sich auch bemüht haben mochte, es zu bemänteln, Anlaß zu Geschwätz geben und vielleicht gar mit der Tragödie von Norwood in Verbindung gebracht werden würde. Hell genug war er jedenfalls, um sich dies ausrechnen zu können. Sie waren also im Schutz der Dunkelheit von ihrem Hauptquartier aufgebrochen, und es mußte ihm viel daran liegen, wieder zurück zu sein, ehe es richtig tagte. Nun, laut Mrs. Smith war es kurz nach drei, als sie das Boot bestiegen. Eine Stunde später würde es ziemlich hell sein, und es wären auch schon Leute auf den Beinen. Aus diesem Grund, so überlegte ich mir, fuhren sie nicht sehr weit. Sie bezahlten Smith großzügig, damit er den Mund hielt, hießen ihn, seinen

Kahn für die endgültige Flucht bereithalten, und eilten mit der Schatztruhe zu ihrem Logis. Vermutlich hatten sie vor, ein paar Nächte verstreichen zu lassen, um zu sehen, wie der Fall in den Zeitungen beurteilt würde und ob irgendein Verdacht auf sie fiele, und sich dann im Schutze der Dunkelheit zu einem Schiff in Gravesend oder in den Downs durchzuschlagen, wo zweifellos bereits alles für ihre Überfahrt nach Amerika oder den Kolonien in die Wege geleitet war.«

»Aber was ist mit dem Kahn? Den konnten sie doch wohl nicht in ihr Logis mitnehmen.«

»Ganz recht. Ich überlegte mir, daß das Boot, seiner Unsichtbarkeit zum Trotz, nicht allzu weit entfernt sein konnte. Ich versuchte also, mich an Smalls Stelle zu versetzen und die Sache so anzuschauen, wie ein Mann seines Kalibers es tun würde. Vermutlich hatte er sich überlegt, daß der Polizei, sollte sie ihm auf die Schliche kommen, die Verfolgung sehr erleichtert würde, wenn er den Kahn zurückschickte oder an einer Anlegestelle warten ließ. Welche Möglichkeit gab es also, das Boot zu verbergen und es dennoch zur Hand zu haben, wenn es gebraucht wurde? Ich überlegte mir, was ich an seiner Stelle tun würde, und sah nur eine einzige Möglichkeit. Ich würde das Boot in eine Werft bringen, mit dem Auftrag, ein paar Reparaturen oder geringfügige Änderungen daran vorzunehmen. Dies hieße, daß es in deren Bootsschuppen oder Dock untergebracht und somit gut versteckt wäre, während es gleichzeitig auf Abruf zu meiner Verfügung stünde.«

»Das liegt ja auf der Hand.«

»Ja, nur daß gerade die Dinge, die ganz klar auf der Hand liegen, meistens übersehen werden. Nun denn, ich entschloß mich also, meinen Überlegungen gemäß zu handeln. Als harmloser Seemann aufgemacht, brach ich sogleich auf, um bei allen Werften flußabwärts Erkundigungen einzuziehen. Bei fünfzehn ging ich leer aus, aber bei der sechzehnten, Jacobsons Werft, erfuhr ich, daß ihnen die *Aurora* zwei Tage zuvor von einem Mann mit einem Holzbein mit ein paar fadenscheinigen Anweisungen hinsichtlich des Steuerruders übergeben worden war. ›Dem Ruder fehlt hinten und vorn nix‹, sagte mir der Vorarbeiter. ›Sehn Sie, dort liegt sie, die mit den roten Streifen.‹ Und was glauben Sie wohl, wer in diesem Augenblick auf uns zukam? Kein anderer als Mordecai Smith, der vermißte Bootseigner. Er hatte schon einigen Schnaps intus. Selbstverständlich hätte ich ihn nicht erkannt, wenn er nicht seinen eigenen Namen und den seines Bootes laut ausposaunt hätte. ›Ich brauche sie heute abend um acht Uhr‹, sagte er, ›um punkt acht Uhr, verstanden, ich nehme nämlich zwei Gentlemen an Bord, die es nicht gewohnt sind zu warten.‹ Offensichtlich hatten sie ihn reichlich bezahlt, denn er schien Geld in Hülle und Fülle zu haben und warf mit Trinkgeldern für die Arbeiter nur so um sich. Ich folgte ihm ein Stück Weges, aber als er in eine Bierschenke driftete, kehrte ich zur Werft zurück, und da ich unterwegs zufällig auf einen meiner Jungen stieß, ließ ich ihn dort zurück, um das Boot zu bewachen. Er hat den Auftrag, dicht am Wasser zu stehen und uns mit seinem Taschentuch ein Zeichen zu geben, sobald sie aufbrechen. Wir werden indessen im Strom draußen auf der Lauer liegen, und es müßte schon seltsam zugehen, wenn uns nicht Männer, Schatz und alles Drum und Dran in die Hände fielen.«

»Sie haben sich das alles sehr schön ausgedacht, ob es nun die richtigen Männer sind oder nicht«, warf Jones ein, »aber wenn die Sache nach mir ginge, dann hätte ich einen Polizeitrupp in Jacobsons Werft aufgestellt und würde die beiden festnehmen, sobald sie dort auftauchen.«

»Mit andern Worten: nie. Dieser Small ist ein ziemlich ausgekochter Bursche. Er sendet bestimmt einen Späher voraus, und wenn irgend etwas seinen Verdacht erregt, zieht er sich einfach noch eine Woche in sein Schlupfloch zurück.«

»Aber Sie hätten sich Mordecai Smith an die Fersen heften und sich so zu ihrem Versteck führen lassen können«, bemerkte ich.

»Das wäre reine Zeitverschwendung gewesen. Ich denke, die Chancen, daß Smith weiß, wo sie sich aufhalten, stehen eins zu hundert. Weshalb sollte er Fragen stellen, solange der

Schnaps ausreicht und die Bezahlung gut ist? Und wenn sie Anweisungen haben, lassen sie ihm eine Botschaft zukommen. Nein, ich habe alle Möglichkeiten des Vorgehens reiflich erwogen, und dies hier ist die beste.«

Im Laufe dieses Gesprächs waren wir unter der langen Reihe von Brücken, welche die Themse überspannen, hindurchgeschossen. Als wir an der City vorbeifuhren, vergoldeten eben die letzten Sonnenstrahlen das Kreuz auf der Spitze der St. Paul's Cathedral, und noch ehe wir den Tower erreicht hatten, war die Dämmerung hereingebrochen.

»Dort drüben liegt Jacobsons Werft«; sagte Holmes und deutete auf ein Gewirr von Masten und Takelwerk am Surrey-Ufer. »Wir können hier, hinter diesen Schleppkähnen versteckt, gemächlich auf und ab kreuzen.« Er zog ein Nachtfernrohr aus der Tasche und spähte eine Zeitlang zum Ufer hinüber. »Meine Wache ist auf dem Posten, aber ich sehe keine Spur von einem Taschentuch.«

»Wir könnten ja ein Stück flußabwärts fahren und uns dort auf die Lauer legen«, schlug Jones tatendurstig vor.

Wir alle waren inzwischen von Tatendrang erfüllt, sogar die Polizisten und die Heizer, die nur eine sehr vage Vorstellung davon hatten, worum es hier ging.

»Wir dürfen ja nichts als gegeben annehmen«, entgegnete Holmes. »Natürlich stehen die Chancen zehn zu eins, daß sie flußabwärts fahren werden, aber sicher sein können wir nicht. Von hier aus können wir die Einfahrt zur Werft überblicken, während sie uns kaum sehen können. Die Nacht wird hell werden und die Sicht klar. Wir müssen bleiben, wo wir sind. Schauen Sie mal, die Leute da drüben, wie sie im Licht der Gaslaternen herumschwärmen!«

»Die kommen von der Arbeit in der Werft.«

»Die Kerle sehen ja übel aus, und doch muß man wohl annehmen, daß in jedem ein Fünkchen Unsterblichkeit verborgen liegt. Kaum zu glauben, wenn man sie so betrachtet. Jedenfalls besteht dafür keinerlei apriorische Gewißheit. Ein seltsam enigmatisch Wesen ist der Mensch!«

»Irgend jemand hat es so formuliert: Des Menschen Seele steckt in einem Tier«, bemerkte ich.

»Winwood Reade hat einen interessanten Beitrag zu diesem Thema geleistet«, fuhr Holmes fort. »Er sagt, daß der Mensch, wiewohl als Einzelner ein undurchdringliches Rätsel, in der Masse zu einer mathematisch berechenbaren Größe wird. So ist es zum Beispiel nicht möglich, vorauszusagen, was irgendein bestimmter Mensch tun wird, aber man kann mit Gewißheit sagen, wie der Durchschnitt handeln wird. Das Verhalten des Individuums ist eine Variable, das von Bevölkerungsanteilen hingegen eine Konstante; so spricht der Statistiker. Aber sehe ich dort drüben nicht ein Taschentuch? Da flattert doch etwas Weißes.«

»Ja, das ist Ihr Junge«, rief ich. »Ich kann ihn deutlich erkennen.«

»Und da kommt die *Aurora*«, rief Holmes aus, »und zwar mit höllischer Geschwindigkeit! He, Maschinist, volle Kraft voraus! Folgen Sie jenem Kahn mit dem gelben Licht. Bei Gott, ich würde es mir nie verzeihen, wenn er uns durch die Lappen ginge!«

Die *Aurora* war ungesehen durch die Werfteinfahrt geschlüpft und hinter zwei oder drei Booten durchgeglitten, so daß sie schon eine beträchtliche Geschwindigkeit erreicht hatte, als wir sie endlich bemerkten. Nun flog sie dicht der Uferlinie folgend den Strom hinab. Jones betrachtete sie mit sorgenvollem Blick und schüttelte den Kopf.

»Sie ist unglaublich schnell«, sagte er. »Ich zweifle daran, daß wir sie einholen können.«

»Wir *müssen* sie einholen!« stieß Holmes zwischen den Zähnen hervor. »Heizer, schaufelt, was ihr könnt! Holt das Letzte aus dem Kahn heraus! Und wenn wir unser eigenes Boot verheizen, wir müssen sie kriegen!«

Inzwischen hatten wir die Verfolgung aufgenommen. Die Feuerbüchsen röhrten, und die mächtige Maschinerie hämmerte und stampfte wie ein großes metallenes Herz. Der scharfe, steile Bug schnitt durch das ruhige Wasser und ließ zwei Wellen rechts und links von uns wegfluten. Mit jedem Stoß der Maschine zuckte und bebte das Boot wie ein lebender Organismus. Eine gelbe Laterne im Bug warf einen langgezogenen, schwankenden Lichtkegel vor uns her. Dort war die *Aurora* als dunkler Fleck auf dem Wasser erkennbar, und der Wirbel weißen Schaums dahinter zeugte von ihrer Geschwindigkeit. Wir schnellten an Schleppkähnen, Dampfern und Frachtschiffen vorüber, links, rechts, hinten durch und vorn herum. Aus der Dunkelheit riefen uns Stimmen an, aber unbeirrbar raste die *Aurora* weiter, und unbeirrbar folgten wir in ihrem Kielwasser.

»Schaufelt, Leute, schaufelt, was ihr könnt!« rief Holmes, in den Maschinenraum hinunterblickend, so daß auf seinen gespannten, adlerartigen Zügen das wild zuckende Leuchten von unten widerschien. »Holt das letzte Pfund Dampf heraus!«

»Ich glaube, wir haben ein wenig aufgeholt«, sagte Jones, den Blick auf die *Aurora* geheftet.

»Ganz bestimmt«, erwiderte ich. »In wenigen Minuten werden wir mit ihr gleichaufliegen.«

Just in diesem Augenblick wollte es jedoch ein widriges Geschick, daß uns ein Schlepper mit drei Kähnen in die Quere kam. Nur indem wir das Ruder hart herumwarfen, konnten wir einen Zusammenstoß vermeiden, und als wir sie endlich umfahren hatten und wieder auf unseren ursprünglichen Kurs einschwenkten, hatte die *Aurora* einen Vorsprung von mindestens zweihundert Yards gewonnen. Allerdings war sie noch immer deutlich sichtbar, und das dunstige Zwielicht ging allmählich in eine klare, sternenhelle Nacht über. Unsere Dampfkessel standen knapp vor dem Bersten, und der zerbrechliche Schiffsrumpf zitterte und knarrte unter der wilden Kraft, die uns vorwärtstrieb. Wir schossen durch den Pool, an den West India Docks vorbei, den langen Deptford Reach nach Süden, dann um die Isle of Dogs herum wieder gen Norden. Der verschwommene Fleck vor uns nahm nun klar die Konturen der schmucken *Aurora* an. Jones richtete den

Schein unserer Suchlaterne darauf, so daß wir die Gestalten auf Deck deutlich sehen konnten. Ein Mann saß im Heck und beugte sich über etwas Schwarzes zwischen seinen Knien. Neben ihm lag ein dunkler, unförmiger Haufen, der wie ein Neufundländer aussah. Der Junge hielt die Ruderpinne, während sich gegen das rote Lodern der Feuerbüchse die Gestalt des alten Smith abhob, der, bis zum Gürtel entblößt, aus Leibeskräften Kohlen schaufelte. Anfänglich mochten sie sich noch gefragt haben, ob wir tatsächlich hinter ihnen her waren, jetzt aber, da wir jeder Krümmung und Windung ihres Kurses folgten, konnte kein Zweifel mehr bestehen. Bei Greenwich hatten wir ungefähr zweihundertfünfzig Yards zurückgelegen. Bei Blackwall waren es höchstens noch hundertachtzig. Ich habe in meiner wechselvollen Laufbahn schon vielerlei Lebewesen in vielerlei Ländern gejagt, nie aber hat der Jagdsport mir einen so wilden Nervenkitzel gegeben wie diese irrwitzige, rasende Menschenhatz die Themse hinunter. Langsam, aber stetig holten wir auf, Yard um Yard. Durch die Stille der Nacht hörten wir das Ächzen und Stöhnen ihrer Maschine. Der Mann im Heck saß noch immer gebückt auf dem Deck, und seine Arme bewegten sich emsig, als verrichtete er eine Arbeit; von Zeit zu Zeit blickte er auf, um die Entfernung zwischen uns und ihnen abzuschätzen. Näher und näher kamen wir. Jones schrie hinüber, sie sollten anhalten. Wir lagen höchstens noch vier Bootslängen hinter ihnen, beide Boote jagten mit atemberaubender Geschwindigkeit dahin. Wir hatten einen überschaubaren Flußabschnitt erreicht; auf der einen Seite lag die Ebene von Barking, auf der anderen die melancholische Marschlandschaft von Plumpstead. Auf unseren Ruf hin sprang der Mann im Heck auf, schüttelte die geballten Fäuste gegen uns und begann mit hoher, sich überschlagender Stimme zu fluchen. Er war ein Mann von kräftiger Statur, und wie er so breitbeinig dastand, um die Balance zu halten, sah ich, daß er auf der rechten Seite vom Knie an abwärts nur einen Holzstumpf hatte. Seine schrillen, wuterfüllten Schreie brachten Leben in das Bündel auf dem Deck.

Es richtete sich auf und entpuppte sich als ein kleiner schwarzer Mann – so klein, wie ich noch nie einen gesehen hatte – mit großem, unförmigem Kopf und wirrem, zerzaustem Haarschopf. Holmes hatte seinen Revolver bereits gezogen, und beim Anblick dieser wilden, mißgestalten Kreatur griff ich hastig nach dem meinen. Das Wesen war in eine Art Ulster oder Wolldecke von dunkler Farbe gehüllt, so daß nur das Gesicht sichtbar war; aber dies allein war genug, einem Mann eine schlaflose Nacht zu bereiten. Nie zuvor hatte ich ein Gesicht erblickt, das so tief von Grausamkeit und Bestialität gezeichnet war. In seinen kleinen Augen glühte und loderte ein unheimliches Feuer, und seine wulstigen Lippen waren verzerrt und entblößten Zähne, die uns in halb tierischer Wut entgegenfletschten und -klapperten.

»Schießen Sie sofort, falls er die Hand hebt«, sagte Holmes ruhig.

Inzwischen trennte uns nur noch eine Bootslänge von den Gejagten. Mir ist, als sähe ich die beiden heute noch vor mir stehen: mit weitgespreizten Beinen der Weiße, wie er uns Flüche entgegenschleudert, und der verruchte Zwerg mit der gräßlichen Fratze, dessen kräftige gelbe Zähne uns im Schein der Laterne entgegenblecken.

Es war gut, daß wir ihn so deutlich sehen konnten, denn vor unseren Augen zog er unter seinem Überwurf ein kurzes rundes Stück Holz, ähnlich einem Lineal, hervor und setzte es blitzschnell an seine Lippen. Gleichzeitig krachten unsere Pistolen. Er wirbelte herum, warf die Arme in die Luft und kippte mit einer Art ersticktem Husten seitwärts in den Fluß. Aus den weiß wirbelnden Wassern traf mich noch ein letzter Blick seiner giftigen, abgrundbösen Augen. Im selben Moment stürzte der Mann mit dem Holzbein ans Steuerruder und warf es hart herum, so daß sein Boot direkt auf das Südufer zuhielt, während wir mit wenigen Fuß Abstand an dessen Heck vorbeischossen.

Einen Augenblick später hatten wir gewendet und waren hinter ihnen her, aber da hatte das Boot das Ufer schon fast erreicht. Die Gegend war wild und öde, der Mond schien auf weites Marschland mit Tümpeln stehenden Wassers und Strichen vermodernder Vegetation. Dumpf lief der Dampfkahn auf das schlammige Ufer auf, sein Bug erhob sich in die Luft, und das Heck senkte sich zum Wasserspiegel. Der Mann versuchte zu fliehen und sprang hinaus, doch sein Holzstumpf versank sogleich im aufgeweichten Boden. All sein Winden und Zappeln war vergeblich. Nicht einen einzigen Schritt vor- oder rückwärts konnte er tun. Voll ohnmächtiger Wut brüllte er auf und stampfte mit dem anderen Fuß wie rasend in den Morast. Aber damit rammte er den hölzernen Pflock nur noch tiefer in den schlammigen Grund. Als wir unser Boot längsseits gebracht hatten, war er bereits so fest verankert, daß wir ihn herausziehen mußten, indem wir ihm ein Seil um die Brust schlangen und ihn wie einen bösen Fisch an Bord hievten. Vater und Sohn Smith waren störrisch sitzen geblieben in ihrem Boot, kamen auf unseren Befehl aber recht fügsam zu uns herüber. Auch die *Aurora* wurde wieder flottgemacht und an unserem Heck festgebunden. Auf ihrem Deck fanden wir eine massive Eisentruhe indischer Machart vor. Kein Zweifel, dies war die Truhe, die den fluchbringenden Schatz der Sholtos barg. Ein Schlüssel war nicht vorhanden, aber die Kiste war von beträchtlichem Gewicht, und so überführten wir sie sorgsam in die kleine Kajüte auf unserem Boot. Während wir gemächlich flußaufwärts dampften, leuchteten wir mit unserer Suchlaterne nach allen Seiten, konnten jedoch keine Spur von dem Insulaner entdecken. Irgendwo im dunklen Schlamm, tief unten auf dem Grund der Themse, ruhen die Gebeine dieses seltsamen Besuchers an unseren Gestaden.

»Sehen Sie sich das an«, sagte Holmes und deutete auf die hölzerne Luke. »Wir waren wohl nicht schnell genug mit unseren Pistolen.« Und wahrhaftig, direkt hinter der Stelle, wo wir gestanden hatten, steckte einer dieser mörderischen Pfeile, die wir bereits zur Genüge kannten. Er mußte in dem Augenblick, da wir geschossen hatten, zwischen uns hindurchgeschwirrt sein. Holmes tat die Sache mit einem Lachen und einem wegwerfenden Schulterzucken ab, wie das so seine Art ist; ich aber muß gestehen, daß mir ganz elend wurde beim Gedanken an den schrecklichen Tod, der an diesem Abend so nahe an uns vorübergegangen war.

## 11. DER GROSSE AGRA-SCHATZ

Unser Gefangener saß in der Kajüte, gegenüber der Eisentruhe, für die er so viel Mühsal und so lange Jahre des Wartens auf sich genommen hatte. Er war ein sonnenverbrannter Kerl mit verwegenem Blick; ein feines Netz von Falten und Linien überzog sein mahagonifarbenes Gesicht, das von einem harten Leben bei Wind und Wetter zeugte. Sein auffallend vorspringendes, bartbedecktes Kinn kennzeichnete ihn als einen Mann, der nicht leicht von seinem Ziel abzubringen war. Er mochte so um die fünfzig herum sein, denn sein schwarzes Kraushaar war dicht mit grauen Strähnen durchzogen. Sein Gesicht war nicht unsympathisch, wenn es sich in Ruhe befand, wogegen ihm die buschigen Augenbrauen und das aggressive Kinn im Zorn einen furchterregenden Ausdruck verliehen, wie ich erst eben noch gesehen hatte. Die Hände mit den Handschellen im Schoß, den Kopf auf die Brust gesenkt, so saß er nun da und betrachtete mit scharfem, funkelndem Blick die Truhe, die der Anlaß für all seine Missetaten gewesen war. Aus seiner starren, beherrschten Miene schien mir eher Betrübnis denn Wut zu sprechen, und einmal, als er zu mir aufblickte, schien gar etwas wie Humor in seinen Augen aufzublitzen.

»Nun, Jonathan Small«, sagte Holmes und zündete sich eine Zigarre an, »es tut mir leid, daß es so weit kommen mußte.«

»Mir auch, Sir«, erwiderte er frei heraus. »Ich glaube nicht, daß ich für diese Sache baumeln werde. Ich kann Ihnen mein Wort auf die Bibel geben, daß ich Mr. Sholto kein Haar gekrümmt habe. Es war Tonga, dieser kleine Höllenhund, der einen seiner verdammten Pfeile auf ihn abgeschossen hat. Ich hatte nichts damit zu tun, Sir. Ich war so traurig, als ob es ein Blutsverwandter von mir gewesen wäre. Drum hab ich den kleinen Teufel dann auch windelweich geschlagen mit dem losen Ende des Seiles, aber es war nun einmal geschehen, und ich konnte es nicht mehr ungeschehen machen.«

»Hier, rauchen Sie eine Zigarre«, sagte Holmes, »und nehmen Sie am besten noch einen Schluck aus meinem Flachmann; Sie sind ja ganz durchnäßt. Aber wie konnten Sie bloß annehmen, daß jemand, der so klein und schmächtig war wie dieser schwarze Bursche, Mr. Sholto überwältigen und festhalten könnte, während Sie das Seil hinaufgeklettert kamen?«

»Sie scheinen ja soviel von der Sache zu wissen, als ob Sie selbst dabeigewesen wären, Sir. Es war so: Ich hatte gehofft, das Zimmer leer vorzufinden. Ich war mit den Gewohnheiten des Hauses wohl vertraut, und um diese Zeit ging Mr. Sholto gewöhnlich hinunter zum Abendessen. Ich will meine Karten offen auf den Tisch legen. Ich kann mich am besten verteidigen, indem ich ganz einfach die Wahrheit sage. Nun denn, wenn es der alte Major gewesen wäre, dann hätt ich mich leichten Herzens hängen lassen. Ihn abzustechen hätte mir nicht mehr Kopfzerbrechen bereitet, als diese Zigarre da zu rauchen. Aber es ist schon verdammt hart, daß ich wegen diesem jungen Sholto sitzen soll, gegen den ich nie etwas gehabt hab.«

»Mr. Athelney Jones von Scotland Yard ist für Sie zuständig. Er wird Sie in meine Wohnung bringen, wo ich von Ihnen einen wahrheitsgetreuen Bericht über die Sache zu hören wünsche. Sie dürfen mir nichts verschweigen, denn dann kann ich Ihnen allenfalls von Nutzen sein. Ich denke, ich kann beweisen, daß dieses Gift so schnell wirkt, daß der Mann tot war, noch ehe Sie das Zimmer betreten haben.«

»Das war er auch, Sir. Ich hab mein Leben lang noch nie so'n Schock gekriegt wie damals, als ich durchs Fenster stieg und er mir entgegengrinste mit seinem auf die Schulter gesunkenen Kopf. Das ist mir wirklich durch und durch gegangen, Sir. Ich hätte Tonga dafür halb tot geschlagen, wenn er nicht weggewitscht wäre. Drum hat er seine Keule und, wie er mir später gesagt hat, auch ein paar seiner Pfeile zurückgelassen, und dadurch sind Sie uns wohl auf die Spur gekommen, obwohl mir dann wieder ein Rätsel ist, wie Sie es geschafft haben, sie nicht wieder zu verlieren. Nicht daß ich Ihnen deshalb böse wäre. Aber es mutet mich schon seltsam an«, fügte er mit einem bitteren Lächeln hinzu, »daß ich, der ich einen rechtmäßigen Anspruch auf die Summe von einer halben Million habe, die erste Hälfte meines Lebens damit verbrachte, auf den Andamanen einen Wellenbrecher zu bauen, und nun die andere Hälfte wohl damit verbringen werde, in Dartmoor Entwässerungsgräben zu buddeln. Das war ein echter Unglückstag für mich, als ich den Kaufmann Achmet erstmals zu Gesicht bekam und in die Sache mit dem Agra-Schatz verwickelt wurde. Der hat noch über keinen seiner Besitzer je etwas anderes als Fluch gebracht: für Achmet den Tod, für Major Sholto Furcht und Schuld und für mich lebenslange Sklaverei.«

In diesem Augenblick steckte Athelney Jones Kopf und Schultern in die enge Kajüte.

»Das ist ja das reinste Familienfest«, sagte er. »Ich glaube, ich könnte einen Schluck aus Ihrer Flasche vertragen, Holmes. Ich meine, wir haben allen Grund, einander zu beglückwünschen. Schade nur, daß wir den anderen nicht lebend gefaßt haben; aber wir hatten keine Wahl. Na, Holmes, das wäre um ein Haar noch schiefgegangen, das geben Sie doch wohl zu. Wir hatten unsere liebe Mühe, sie einzuholen.«

»Ende gut, alles gut«, erwiderte Holmes. »Aber ich wußte wirklich nicht, daß die *Aurora* so ein Rennboot ist.«

»Smith behauptet, sie sei einer der schnellsten Dampfkähne auf dem ganzen Fluß und wir hätten sie nie eingeholt, wenn er für die Maschinen einen zweiten Mann bei sich gehabt hätte. Im übrigen beteuert er, von der Norwood-Affäre nichts gewußt zu haben.«

»Das hat er auch nicht«, rief unser Gefangener, »keine Ahnung hatte er. Ich habe sein Boot ausgewählt, weil es hieß, sie sei ein Flitzer. Wir haben ihm gar nichts erzählt; aber gut bezahlt haben wir ihn, und er hätte eine hübsche Belohnung erhalten, wenn wir unser Schiff erreicht hätten, die *Esmeralda*, die von Gravesend nach Brasilien in See sticht.«

»Schön, wenn er nichts Unrechtes getan hat, dann sorgen wir dafür, daß ihm auch kein Unrecht geschieht. Wir sind zwar ganz schön schnell, wenn es darum geht, einen Mann zu fassen, doch für ein Urteil lassen wir uns etwas Zeit.« Es war amüsant zu sehen, wie der selbstgefällige Jones bereits begann, sich mit dieser Gefangennahme zu brüsten; und wie ich aus dem feinen Lächeln, das über Sherlock Holmes' Gesicht huschte, schließen konnte, hatte die Rede auch auf ihn ihre Wirkung nicht verfehlt.

»Wir sind gleich bei der Vauxhall Bridge«, sagte Jones, »wo wir Sie, Dr. Watson, mit der Schatztruhe absetzen werden. Ich brauche Ihnen wohl kaum zu sagen, welch große Verantwortung ich mir damit auflade: So ein Vorgehen ist ganz und gar regelwidrig; aber abgemacht ist abgemacht. Allerdings fordert meine Pflicht, daß ich Ihnen einen Inspektor mitgebe, da Sie so kostbare Fracht mit sich führen. Sie haben doch wohl vor, einen Wagen zu nehmen?«

»Ja, ich nehme einen Wagen.«

»Ein Jammer, daß es keinen Schlüssel gibt, sonst könnten wir erst das Inventar aufnehmen. Sie werden die Truhe aufbrechen müssen. Sagen Sie, Mann, wo ist der Schlüssel?«

»Auf dem Grund des Flusses«, antwortete Small kurz angebunden.

»Hm; die Mühe hätten Sie uns ruhig ersparen können. Sie haben uns ohnehin schon genug Arbeit gemacht. Nun also, Doktor, ich muß Sie wohl nicht erst ermahnen, vorsichtig zu sein. Bringen Sie die Truhe nachher in die Baker Street. Wir werden dort auf dem Weg zur Polizeiwache Station machen.«

Ich wurde zusammen mit der schweren Eisentruhe und in Begleitung eines gutmütigen, jovialen Inspektors in Vauxhall an Land gesetzt. Nach einer Viertelstunde Fahrt erreichten wir das Haus von Mrs. Cecil Forrester. Das Dienstmädchen schien überrascht von einem so späten Besuch. Mrs. Forrester, sagte sie, sei ausgegangen und werde erst sehr spät zurückerwartet. Miss Morstan dagegen halte sich im Salon auf. Ich ließ also den entgegenkommenden Inspektor im Wagen zurück und trug die Truhe in den Salon.

Da saß sie, am offenen Fenster, in einem Kleid aus weißem, leicht durchscheinendem Stoff, das an Taille und Nacken mit einem feinen Hauch Scharlachrot besetzt war. Das sanfte Licht einer abgeschirmten Lampe fiel auf den Korbstuhl, in dem sie sich zurücklehnte, umspielte ihr liebliches, ernstes Antlitz und zauberte zarten metallischen Glanz auf die üppigen Flechten ihres prachtvollen Haares. Einer ihrer weißen Arme hing über die Lehne hinab, und ihre ganze Erscheinung und Haltung verrieten eine tiefe Melancholie. Als meine Schritte ertönten, sprang sie indessen auf, und ihre blassen Wangen überzogen sich mit der lebhaften Röte von Überraschung und Freude.

»Ich habe einen Wagen vorfahren hören«, sagte sie, »und dachte mir, daß Mrs. Forrester sehr zeitig zurück sei, aber daß Sie es sind, hätte ich mir niemals träumen lassen. Was bringen Sie für Neuigkeiten?«

»Ich bringe Ihnen etwas Besseres als Neuigkeiten«, erwiderte ich in fröhlichem und ausgelassenem Ton, obwohl mir das Herz in der Brust schwer war, und stellte die Truhe auf den Tisch. »Ich bringe Ihnen etwas, das soviel wert ist wie alle Neuigkeiten der Welt; ich bringe Ihnen ein Vermögen.«

Sie warf einen Blick auf die Eisentruhe.

»Das also ist der Schatz?« fragte sie ziemlich kühl.

»Ja, dies ist der große Agra-Schatz. Die Hälfte davon gehört Ihnen, und die andere Hälfte Thaddeus Sholto. Das macht für jeden von Ihnen ein paar Hunderttausend. Kaum auszudenken! Eine Jahresrente von zehntausend Pfund! In ganz England wird es nicht manche junge Lady geben, die reicher ist als Sie. Ist das nicht wundervoll?«

Vermutlich war mein Entzücken etwas gar zu dick aufgetragen, so daß meine Beglückwünschungen etwas hohl klangen, denn ich bemerkte, daß ihre Brauen sich ein wenig hoben und sie mich mit forschendem Blick ansah.

»Wenn das mir gehört, verdanke ich es Ihnen«, sagte sie.

»Nein, nein«, entgegnete ich, »nicht mir, sondern meinem Freund Sherlock Holmes. Es wäre mir beim besten Willen nicht möglich gewesen, eine Spur zu Ende zu verfolgen, die sogar seinem analytischen Genie einige Rätsel aufgegeben hat. Und selbst dann haben wir sie kurz vor dem Ziel noch beinahe aus den Augen verloren.«

»Setzen Sie sich doch bitte, und erzählen Sir mir alles, Dr. Watson«, sagte sie.

Ich berichtete kurz, was sich seit unserer letzten Begegnung ereignet hatte; von Holmes' neuer Suchmethode, der Entdekkung der *Aurora*, dem Erscheinen von Athelney Jones, unserem abendlichen Unternehmen und der wilden Jagd die Themse hinunter. Sie lauschte dem Bericht von unseren Abenteuern mit leicht geöffneten Lippen und leuchtenden Augen. Als ich jedoch auf den Pfeil zu sprechen kam, der uns so knapp verfehlt hatte, wurde sie so blaß, daß ich fürchtete, sie würde in Ohnmacht fallen.

»Es ist nicht der Rede wert«, sagte sie, als ich mich eilte, ihr ein wenig Wasser einzugießen. »Es geht schon wieder. Doch es hat mir einen Schock versetzt zu hören, daß ich meine Freunde in so entsetzliche Gefahr gebracht habe.«

»Das alles ist ja nun vorbei«, beschwichtigte ich sie. »Es war nicht halb so schlimm. Aber genug der düsteren Einzelheiten; wenden wir uns etwas Erfreulicherem zu. Da steht der Schatz; was könnte erfreulicher sein? Ich habe die Erlaubnis erwirkt, ihn hierherzubringen, in der Annahme, daß es Sie interessieren würde, ihn als erste zu sehen.«

»Es ist von größtem Interesse für mich«, erwiderte sie, wobei ihre Stimme kein bißchen erwartungsvoll klang. Doch war ihr wohl eingefallen, daß man es ihr als Undankbarkeit auslegen könnte, wenn sie einer Beute, die unter so großen Anstrengungen errungen worden war, gleichgültig gegenüberstand.

»Was für eine hübsche Truhe«, sagte sie und beugte sich darüber. »Das wird wohl indisches Kunsthandwerk sein?«

»Ja, es ist Schmiedekunst aus Benares.«

»Und wie schwer sie ist!« rief sie aus, als sie sie hochzuheben versuchte. »Schon die Truhe allein muß etwelchen Wert haben. Wo ist denn der Schlüssel?«

»Small hat ihn in die Themse geworfen«, antwortete ich. »Ich muß mir Mrs. Forresters Schürhaken ausleihen.«

Auf der Vorderseite der Truhe befand sich eine kräftige, breite Haspe in Form eines sitzenden Buddhas. Darunter setzte ich das eine Ende des Schürhakens an und drückte diesen dann, wie einen Hebel, nach außen. Mit einem lauten Schnappen sprang die Haspe auf. Mit bebenden Fingern klappte ich den Deckel zurück. Da standen wir beide und trauten unseren Augen nicht. Die Truhe war leer!

Dennoch war es nicht verwunderlich, daß sie so schwer war. Die Schmiedearbeit war allenthalben zwei Drittel Zoll dick. Es war eine massive, gut gearbeitete, solide Truhe, die aussah, als sei sie eigens zu dem Zwecke verfertigt worden, kostbare Dinge zu transportieren. Aber nicht das kleinste Stäubchen Edelmetall oder Schmuck lag darin. Sie war absolut und vollständig leer.

»Der Schatz ist verloren«, sagte Miss Morstan ruhig.

Als ich diese Worte hörte und allmählich begriff, was sie bedeuteten, schien es mir, als wiche ein dunkler Schatten von meiner Seele. Mir war nicht bewußt gewesen, wie sehr die Last dieses Agra-Schatzes mich niedergedrückt hatte, bis jetzt, da ich endlich davon befreit war. Gewiß, das war selbstsüchtig, illoyal, verwerflich, und doch empfand ich nur eines: daß die goldene Schranke zwischen uns nun gefallen war.

»Gott sei Dank!« stieß ich aus tiefstem Herzensgrund hervor.

Sie blickte mich mit einem raschen, fragenden Lächeln an.

»Weshalb sagen Sie das?« verlangte sie zu wissen.

»Weil Sie nun wieder erreichbar sind für mich«, erwiderte ich und nahm ihre Hand. Sie entzog sie mir nicht. »Weil ich Sie liebe, Mary, so innig, wie nur je ein Mann eine Frau geliebt hat. Weil dieser Schatz, all dieser Reichtum mir bis anhin die Lippen versiegelt hat. Nun aber, da er entschwunden ist, kann ich Ihnen sagen, wie sehr ich Sie liebe. Deshalb habe ich ›Gott sei Dank‹ gesagt.«

»Dann will auch ich ›Gott sei Dank‹ sagen«, flüsterte sie, als ich sie an mich zog.

Wer auch immer einen Schatz verloren haben mochte, ich wußte an diesem Abend, ich hatte einen gewonnen.

## 12. DIE SELTSAME GESCHICHTE DES JONATHAN SMALL

DER Inspektor in der Droschke war ein Mensch von ausnehmend großer Geduld, denn die Zeit muß ihm lang geworden sein, bis ich endlich zurückkehrte. Als ich ihm die leere Truhe zeigte, verdüsterte sich seine Miene.

»Damit ist die Belohnung dahin«, sagte er trübsinnig. »Wo nichts ist, da gibt's auch nichts zu holen. Dieser Nachtdienst hätte Sam Brown und mir je einen Zehner eingebracht, wenn der Schatz noch da wäre.«

»Mr. Thaddeus Sholto ist ein reicher Mann«, entgegnete ich. »Er wird dafür sorgen, daß Sie zu Ihrer Belohnung kommen, Schatz hin oder her.«

Der Inspektor schüttelte indessen mutlos den Kopf.

»Eine schwere Schlappe«, meinte er beharrlich; »Mr. Athelney Jones wird es auch so sehen.«

Seine Voraussage sollte sich als richtig erweisen, denn der Detektiv machte ein ziemlich entgeistertes Gesicht, als ich ihm, in der Baker Street angekommen, die leere Truhe zeigte. Er, Holmes und der Gefangene waren auch eben erst dort eingetroffen, da sie ihre Pläne geändert und sich unterwegs bei einer Polizeiwache zurückgemeldet hatten. Mein Gefährte rekelte sich mit dem gewohnten teilnahmslosen Gesichtsausdruck in seinem Lehnstuhl, während Small ihm gleichgültig gegenübersaß, sein Holzbein über das gesunde geschlagen. Als ich die leere Truhe vorwies, warf er sich in seinem Sessel zurück und lachte laut auf.

»Das ist Ihr Werk, Small«, sagte Athelney Jones wütend.

»Ja. Ich habe ihn wo hingeschafft, wo ihr ihn niemals in die Hände bekommen werdet«, rief dieser triumphierend. »Das ist mein Schatz, und wenn ich schon nichts davon haben kann, dann soll ihn verdammt nochmal auch kein anderer kriegen, dafür sorg ich schon. Ich sage Ihnen, kein Mensch auf Erden hat einen Anspruch darauf, außer drei Männern, die in Sträflingsbaracken auf den Andamanen sitzen, und mir. Ich weiß jetzt, daß ich nicht mehr in den Genuß davon kommen kann und die drei andern auch nicht. Alles, was ich getan habe, hab ich immer auch in ihrem Namen getan. Wir haben das Zeichen der Vier allezeit hochgehalten. Und ich weiß, sie hätten das gutgeheißen, was ich getan habe: Lieber den Schatz in die Themse schmeißen, als ihn der Mischpoke von Sholto oder Morstan überlassen. Nicht um die reich zu machen, haben wir Achmet erledigt. Den Schatz findet ihr da, wo der Schlüssel liegt und auch der kleine Tonga. Sobald ich gesehen habe, daß ihr uns einholen würdet, hab ich die Beute in Sicherheit gebracht. Nein, bei diesem Unternehmen springen keine Rupien für euch raus!«

»Sie wollen uns nur hereinlegen, Small«, sagte Jones streng. »Hätten Sie den Schatz tatsächlich in die Themse werfen wollen, dann wäre es doch einfacher gewesen, gleich alles samt der Truhe reinzuschmeißen.«

»Einfacher für mich zum Reinschmeißen, aber auch einfacher für euch zum Rausfischen«, erwiderte er mit einem pfiffigen Seitenblick. »Der Mann, der genug Grips hatte, mich zur Strecke zu bringen, hat auch genug Grips, eine Eisentruhe vom Grund eines Flusses heraufzuholen. Jetzt, wo das Zeug über eine Strecke von fünf Meilen verzettelt ist, dürfte das etwas schwieriger sein. Das zu tun hat mir allerdings schier das Herz zerrissen. Ich war halb wahnsinnig, als ihr uns eingeholt habt. Na ja, passiert ist halt passiert. In meinem Leben ist es mal bergauf und mal bergab gegangen, aber eins habe ich gelernt: Ist das Kind in den Brunnen gefallen, so vergißt man es am besten gleich.«

»Mit diesen Dingen ist nicht zu spaßen, Small«, sagte der Detektiv. »Wenn Sie der Gerechtigkeit geholfen hätten, statt sie auf diese Art zu hintertreiben, würden Ihre Chancen vor Gericht einiges besser stehen.«

»Gerechtigkeit«, schnaubte der ehemalige Sträfling. »Schöne Gerechtigkeit das! Wem gehört denn diese Beute, wenn nicht uns? Wo bleibt da die Gerechtigkeit, wenn ich die Beute

Leuten überlassen soll, die sie mit nichts verdient haben? Seht doch, womit ich sie verdient habe! Zwanzig lange Jahre in diesem fieberschwangeren Sumpf, Tag für Tag am Schuften unter den Mangrovenbäumen, Nacht für Nacht angekettet in den dreckigen Sträflingshütten, zerstochen von Moskitos, geschüttelt vom Sumpffieber, geschunden von jedem verdammten schwarzhäutigen Aufseher, der Lust dazu hatte, einen Weißen fertigzumachen – so hab ich mir den Agra-Schatz verdient, und ihr kommt mir mit Gerechtigkeit, wenn ich den Gedanken nicht ertrage, daß ich den Preis bezahlt haben soll, bloß damit ein anderer sich gütlich tut. Es wär mir lieber, gleich zwanzigmal gehängt zu werden oder einen von Tongas Pfeilen in mein Fell zu kriegen, als mein Leben lang in einer Gefängniszelle zu hocken und zu wissen, daß mit dem Geld, das eigentlich mir gehört, ein anderer es sich wohlsein läßt in einem Palast.«

Smalls Maske stoischer Gelassenheit war gefallen; dies alles kam in einem einzigen wilden Wortschwall hervorgesprudelt, seine Augen blitzten, und seine Hände bewegten sich in leidenschaftlicher Erregung, so daß die Handschellen klirrend aneinanderschlugen. Nun, da ich den Zorn und den Ingrimm dieses Mannes sah, begriff ich, daß die Furcht von Major Sholto, als er erfuhr, daß der betrogene Sträfling hinter ihm her war, weder unbegründet noch übertrieben gewesen war.

»Sie vergessen, daß wir von alledem nichts wissen«, sagte Holmes ruhig. »Wir haben Ihre Geschichte noch nicht gehört und können deshalb auch nicht beurteilen, inwiefern Sie ursprünglich im Recht gewesen sein mögen.«

»Nun, Sir, Sie haben sich mir gegenüber hochanständig verhalten, wenn ich auch sehe, daß ich diese Armbänder da Ihnen zu verdanken habe. Aber ich trage Ihnen nichts nach. Es war ein offener und fairer Kampf. Ich wüßte nicht, weshalb ich Ihnen meine Geschichte verschweigen sollte, wenn Sie sie hören wollen. Was ich Ihnen erzählen werde, ist die reine Wahrheit, Wort für Wort. Danke, Sie können das Glas hier neben mich stellen, dann kann ich es mit den Lippen erreichen, wenn mir der Mund trocken wird.

Ich stamme aus der Grafschaft Worchester, bin in der Nähe von Pershore geboren. Ich nehme an, man könnte in der Gegend noch einen Haufen Smalls finden, wenn man wollte. Ich habe mich dort oft mal wieder umsehen wollen, aber die Wahrheit ist, daß ich meiner Familie nie besonders viel Ehre gebracht habe und deshalb bezweifeln muß, daß sie vor Freude aus dem Häuschen kämen, wenn ich wieder auftauchte. Sie waren lauter ordentliche Leute, brave Kirchgänger, Kleinbauern, landauf, landab bekannt und respektiert, während ich schon immer ein bißchen ein Stromer war. Als ich jedoch etwa achtzehn war, brauchten sie sich endlich nicht mehr über mich zu ärgern, denn ich geriet wegen einem Mädchen in ein Schlamassel, aus dem ich nur dadurch wieder herauskam, daß ich den Shilling der Königin nahm und mich dem dritten Regiment der *Buffs* anschloß, das eben nach Indien aufbrach.

Allerdings sollte ich nicht eben lange den Soldaten spielen. Kaum konnte ich einigermaßen im Stechschritt marschieren und meine Muskete handhaben, kam ich auf die blöde Idee, im Ganges schwimmen zu gehen. Zum Glück war John Holder, der Feldwebel meiner Kompanie und einer der besten Schwimmer der ganzen Truppe, zur gleichen Zeit wie ich im Wasser. Als ich halb über den Fluß war, erwischte mich ein Krokodil und zwackte mir das Bein ab, grad oberhalb des Knies, so sauber, wie kein Chirurg es besser hätte machen können. Vom Schock und dem Blutverlust bin ich ohnmächtig geworden und wäre bestimmt ertrunken, wenn Holder mich nicht gepackt hätte und ans Ufer zurückgeschwommen wäre. Fünf Monate lang lag ich im Lazarett mit dieser Sache, und als ich endlich loshumpeln konnte mit dieser Holzstelze an meinem Beinstumpf, da war ich mittlerweile als dienstuntauglich ausgemustert und für keinen aktiven Beruf mehr zu brauchen.

Sie können sich ja vorstellen, daß das eine schlimme Zeit für mich war: noch keine zwanzig und ein nutzloser Krüppel! Doch zeigte sich bald, daß ich Glück im Unglück hatte. Ein

Mann namens Abel White, der rübergekommen war, um Indigo anzubauen, suchte einen Aufseher, der seine Taglöhner überwachte und sie zur Arbeit anhielt, und der Zufall wollte es, daß er ein Freund unseres Obersten war, der seit dem Unfall viel Anteil an meinem Geschick genommen hatte. Kurz und gut, der Oberst empfahl mich wärmstens für diesen Posten, und da sich der größte Teil der Arbeit zu Pferd machen ließ, war mein Bein kein großes Hindernis, denn es war gerade noch genug davon übriggeblieben, daß ich mich gut im Sattel halten konnte. Meine Arbeit bestand darin, über die Plantage zu reiten, die Arbeit der Männer zu überwachen und die Faulenzer zu melden. Ich erhielt einen anständigen Lohn, hatte ein angenehmes Quartier, kurz, ich wäre es zufrieden gewesen, den Rest meiner Tage auf dieser Indigo-Plantage zu verbringen. Mr. Abel White war ein freundlicher Mann, der immer mal auf eine Pfeife zu mir in meine kleine Hütte kam, denn da draußen sind die Weißen schon herzlicher zueinander, als wenn sie bei sich zu Hause sind.

Naja, das Glück hat es bei mir nie lange ausgehalten. Ganz plötzlich, ohne irgendein warnendes Vorzeichen brach der Große Aufstand über uns herein. Noch vor einem Monat hatte Indien allem Anschein nach so still und friedlich dagelegen wie Surrey oder Kent – und nun wüteten zweihunderttausend schwarzhäutige Teufel und machten das Land zu der reinsten Hölle. Natürlich wissen Sie das alles, Gentlemen, und sehr wahrscheinlich sogar einiges mehr als ich, denn das Lesen war nie meine starke Seite. Ich weiß nur, was ich mit eigenen Augen gesehen habe. Unsere Plantage lag bei einem Ort namens Muttra, nahe an der Grenze der Nordwestprovinzen. Nacht für Nacht war der Himmel erleuchtet von den brennenden Bungalows, und Tag für Tag sahen wir kleine Gruppen europäischer Einwanderer mit ihren Frauen und Kindern über unsere Felder in Richtung Agra ziehen, wo sich der nächste Truppenstützpunkt befand. Mr. Abel White jedoch war ein eigensinniger Mann. Er glaubte steif und fest, die Sache sei aufgebauscht worden und würde sich so plötzlich wieder legen, wie sie angefangen hatte. Er saß weiterhin gemütlich auf seiner Veranda, trank seinen Whisky mit Soda und rauchte seinen Stumpen, während rings um ihn her das ganze Land in Flammen stand. Selbstverständlich ließen wir ihn nicht im Stich, ich und Dawson, der zusammen mit seiner Frau die Buchführung und Verwaltung der Plantage besorgte. Nun, eines schönen Tages krachte alles zusammen. Ich hatte mich tagsüber auf einer abgelegenen Plantage aufgehalten und ritt, als es Abend wurde, gemütlich heimzu, als mein Blick auf ein undefinierbares Bündel fiel, das auf dem Grund eines tiefen *Nullah* lag. Ich ritt hinab, um zu sehen, was es war, und das Blut stockte mir in den Adern, als ich erkannte, daß es Dawsons Frau war, die zerstückelt und von Schakalen und streunenden Hunden schon halb aufgefressen worden war. Ein wenig weiter oben an der Straße lag Dawson selbst, mit dem Gesicht nach unten, mausetot. In der Rechten hielt er einen leergeschossenen Revolver, und ihm gegenüber lagen vier *Sepoys* kreuz und quer übereinander. Ich hielt mein Pferd an, um zu überlegen, wohin ich mich wenden sollte; aber in diesem Augenblick sah ich dicke Rauchwolken von Abel Whites Bungalow aufsteigen und die ersten Flammen durch das Hausdach schlagen. Da wußte ich, daß meinem Brotherrn nicht mehr zu helfen war und daß ich nur mein eigenes Leben wegwarf, wenn ich mich in die Sache einmischte. Von der Stelle aus, wo ich stand, konnte ich Hunderte dieser schwarzen Unholde sehen, die, immer noch in ihren roten Uniformjacken, mit Geheul um das brennende Haus herumtanzten. Einige zeigten auf mich, und ein paar Kugeln pfiffen mir um die Ohren; ich schlug mich also quer durch die Reisfelder und erreichte spät in der Nacht die sicheren Mauern von Agra.

Es stellte sich jedoch bald heraus, daß auch sie nicht gerade viel Sicherheit boten. Das ganze Land war in Aufruhr wie ein Bienenschwarm. Wo die Engländer sich zu kleinen Gruppen zusammenschließen konnten, vermochten sie gerade soviel Boden zu halten, wie in Schußweite ihrer Gewehre lag. Überall sonst waren sie wehrlose Flüchtlinge. Es war ein Kampf der

Millionen gegen ein paar Hundert, und das Gemeinste an der Sache war, daß die Männer, gegen die wir kämpften, sei es nun Infanterie, Kavallerie oder Artillerie, eben die Truppen waren, die wir selbst ausgehoben, ausgebildet und exerziert hatten, und daß sie mit unseren eigenen Waffen auf uns schossen und mit unseren eigenen Hornsignalen zum Angriff gegen uns bliesen. In Agra lagen das 3. Füsilierregiment von Bengalen, einige Sikhs, zwei Kavallerie-Schwadronen und ein Bataillon Artillerie. Außerdem war ein Freiwilligenkorps von Beamten und Kaufleuten gebildet worden, und diesem schloß ich mich ungeachtet meines Holzbeins an. Anfangs Juli führten wir eine Kampagne gegen die Rebellen in Shahgunge, und eine Zeitlang gelang es uns, sie zurückzuschlagen; dann ging uns jedoch das Pulver aus, und wir mußten uns wohl oder übel in die Stadt zurückziehen.

Von allen Seiten trafen nur die schlimmsten Nachrichten bei uns ein – was auch kein Wunder war, denn wenn Sie die Karte betrachten, sehen Sie, daß wir mittendrin waren. Lucknow liegt etwas mehr als hundert Meilen östlich, Kanpur ungefähr ebensoweit südlich. Und aus allen Himmelsrichtungen kam nichts als Folter, Mord und Greueltaten.

Agra ist eine große Stadt, in der es von Fanatikern und wilden Teufelsanbetern aller Art nur so wimmelt. Eine Handvoll Männer wie wir war in den engen, gewundenen Gassen so gut wie verloren. Deshalb ließ unser Anführer über den Fluß setzen und im alten Fort von Agra Stellung beziehen. Ich weiß nicht, ob einer von Ihnen, Gentlemen, je etwas von dieser alten Festung gehört oder gelesen hat. Es ist ein ganz seltsamer Ort, der seltsamste, an dem ich je war, und mich hat es weiß Gott schon in manch merkwürdige Ecke verschlagen. Vor allem ist das Ganze gigantisch groß. Ich glaube, es umfaßt Acres und Acres. Ein Teil des Forts ist neu, und dieser vermochte ohne weiteres, die ganze Besatzung sowie sämtliche Frauen, Kinder, Vorräte und was es sonst noch alles gab, zu fassen, und es blieb noch immer viel Platz übrig. Der neue Teil ist aber noch gar nichts im Vergleich zum alten

Bezirk, den seit Jahr und Tag kein Mensch betreten hat und wo das Reich der Skorpione und Tausendfüßler beginnt. Er ist voll von riesigen, verlassenen Sälen, verschlungenen Gängen und langen Korridoren, die sich hin und her winden, so daß es ein leichtes ist, sich zu verirren. Aus diesem Grund wagte sich selten einer von uns dort hinein, nur hin und wieder eine ganze Gruppe, die mit Fackeln auf Erkundung ging.

Der Frontseite des alten Forts entlang fließt der Fluß und bietet ihm so Schutz; auf den Flanken und auf der Rückseite des Gebäudes aber gibt es unzählige Eingänge, und die mußten natürlich alle bewacht werden, sowohl im alten Teil als auch in demjenigen, in dem unsere Truppen tatsächlich stationiert waren. Es fehlte uns an Männern, ja, wir waren kaum genug, um an allen Ecken des Gebäudes Leute zu postieren und die Geschütze zu bemannen. Und so war es uns schon gar nicht möglich, bei jeder dieser unzähligen Pforten eine starke Wache aufzustellen. Wir entschlossen uns also, in der Mitte des Forts eine zentrale Hauptwache einzurichten und mit der Bewachung der einzelnen Eingänge Gruppen von je einem Weißen und zwei oder drei Eingeborenen zu betrauen. Mir fiel die Aufgabe zu, nachts während einiger Stunden eine kleine abgelegene Tür auf der Südwestseite zu bewachen. Man teilte mir zwei Sikh-Dragoner zu, die meinem Befehl unterstellt waren, und wies mich an, im Notfall meine Muskete abzufeuern, worauf ich sofortige Hilfe von der Zentralwache gewärtigen könnte. Da diese Wache aber mehr als zweihundert Schritt entfernt war und der Raum dazwischen in ein wahres Labyrinth von Gängen und Korridoren zerfiel, hegte ich starke Zweifel, daß sie je rechtzeitig zur Stelle sein könnten, wenn es tatsächlich zu einem Angriff käme.

Natürlich war ich mächtig stolz darauf, daß man mir dieses kleine Kommando anvertraut hatte, denn ich war ein unerfahrener Rekrut, und obendrein noch einer mit einem Hinkebein. Zwei Nächte lang hielt ich dort Wache mit meinen Punjabis. Es waren zwei hochaufgeschossene, wild aussehende Kerle namens Mahomet Singh und Abdullah Khan, beides kampferprobte Männer, die damals in Chilian Wallah gegen uns gekämpft hatten. Sie sprachen recht gut Englisch, dennoch konnte ich kaum etwas aus ihnen herausbekommen. Sie zogen es vor, die Köpfe zusammenzustecken und die ganze Nacht in ihrem seltsamen Sikh-Kauderwelsch zu palavern. Ich für mein Teil stand jeweils draußen vor dem Eingang und schaute auf die breiten Windungen des Flusses und die blinkenden Lichter der großen Stadt hinab. Das Dröhnen der Trommeln, das Rasseln der Tamtams und das Geschrei und Geheul der von Opium und *Bhang* berauschten Rebellen war genug, um uns die gefährlichen Nachbarn jenseits des Flusses die ganze Nacht hindurch in Erinnerung zu halten. Alle zwei Stunden machte der diensthabende Offizier die Runde von einem Wachposten zum andern, um zu kontrollieren, ob alles in Ordnung war.

Die dritte Nacht meines Wachdienstes war dunkel und dreckig, Nieselregen wehte einem ins Gesicht. Es war kein Zuckerschlecken, bei solchem Wetter Stunde um Stunde in dem Eingang zu stehen. Wieder und wieder versuchte ich, meine Sikhs zum Reden zu bringen, jedoch ohne großen Erfolg. Um zwei Uhr morgens kam die Wachpatrouille vorbei und unterbrach für einen Augenblick die Eintönigkeit der Nacht. Da es nicht den Anschein machte, daß sich meine Gefährten zu einem Gespräch herbeilassen würden, zog ich meine Pfeife hervor und legte die Muskete beiseite, um ein Streichholz anzuzünden. Und schon waren die beiden Sikhs über mir. Einer packte mein Gewehr und richtete es auf meinen Kopf, während der andere mir ein großes Messer an die Kehle setzte und zwischen den Zähnen drohte, er stoße zu, wenn ich auch nur einen Mucks machte.

Mein erster Gedanke war, daß die Burschen gemeinsame Sache mit den Rebellen machten und daß dies der Auftakt zu einem Angriff war. Wenn dieser Eingang in die Hände der *Sepoys* fiel, dann war es um das Fort geschehen, und den Frauen und Kindern würde dasselbe blühen wie denen in Kanpur. Sie denken jetzt vielleicht, Gentlemen, daß ich mich bloß in ein besseres Licht stellen will, aber ich schwöre Ihnen: Als ich mir dies vor Augen hielt, öffnete ich ungeachtet der Messerspitze, die ich an meiner Kehle fühlte, den Mund und wollte einen Schrei ausstoßen – und wenn es mein letzter sein sollte –, um die Hauptwache zu alarmieren. Aber der Mann, der mich gepackt hielt, schien meine Gedanken zu erraten, denn eben als ich all meinen Mut dafür zusammennahm, flüsterte er mir zu: ›Mach keinen Lärm! Das Fort ist sicher. Auf dieser Seite des Flusses gibt es keine Rebellenhunde.‹ Er klang irgendwie aufrichtig, und zudem wußte ich, wenn ich die Stimme erhob, war ich ein toter Mann; soviel konnte ich aus dem Blick seiner braunen Augen lesen. Ich hielt mich also ruhig und wartete ab, was die beiden von mir wollten.

›Höre mich an, *Sahib*‹, begann der größere und wildere der beiden, den sie Abdullah Khan nannten. ›Du mußt jetzt entweder mit uns sein, oder du wirst auf immer zum Schweigen gebracht. Zu viel steht für uns auf dem Spiel, wir dürfen nicht zaudern. Entweder du schwörst uns beim Kreuz der Christen, daß du mit Leib und Seele mit uns bist, oder deine Leiche schwimmt noch in dieser Nacht im Wassergraben, und wir laufen über zu unseren Brüdern in der aufständischen Armee. Eine dritte Möglichkeit gibt es nicht. Was willst du – Tod oder Leben? Wir können dir nicht mehr als drei Minuten geben, um dich zu entscheiden, denn die Zeit drängt, und die Sache muß erledigt sein, ehe die Wachpatrouille wieder hier vorbeikommt.‹

›Wie kann ich mich denn entscheiden?‹ entgegnete ich. ›Ihr habt mir nicht gesagt, was ihr von mir verlangt. Aber das sage ich euch gleich, wenn es in irgendeiner Weise gegen die Sicherheit des Forts gerichtet ist, will ich nichts damit zu tun haben. Dann stoßt nur zu, es soll mir recht sein.‹

›Es ist nicht gegen das Fort‹, sagte er. ›Wir verlangen nichts weiter von dir als das, weswegen deine Landsleute in dies Land hier kommen. Wir verlangen von dir, daß du reich wirst. Wenn du dich heute nacht entschließt, einer von uns zu werden, so wollen wir dir auf dies blanke Messer hier den dreifachen Eid schwören, den noch kein Sikh je gebrochen hat, daß du deinen gerechten Anteil an der Beute erhalten wirst. Ein Viertel des Schatzes soll dein sein. Das ist gerecht, das sag ich dir.‹

›Was für ein Schatz ist das denn?‹ fragte ich. ›Ich hab gewiß genauso viel Lust, reich zu werden, wie ihr, aber ihr müßt mir schon sagen, wie dies anzupacken ist.‹

›So schwörst du also‹, sagte er, ›bei den Gebeinen deines Vaters, der Ehre deiner Mutter und dem Kreuz deines Glaubens, daß du, weder heute noch fürderhin, deine Hand gegen uns erheben oder deine Worte gegen uns richten wirst?‹

›Das schwöre ich‹, erwiderte ich, ›vorausgesetzt, das Fort ist nicht in Gefahr.‹

›Dann wollen wir, mein Kamerad und ich, schwören, daß der Schatz gleichmäßig unter uns vier aufgeteilt werden soll und daß du einen Viertel davon erhältst.‹

›Wir sind doch nur drei‹, warf ich ein.

›Nein, Dost Akbar muß auch seinen Teil bekommen. Wir können dir die ganze Geschichte erzählen, während wir auf sie warten. Bleib du beim Eingang, Mahomet Singh, und gib uns Meldung, wenn sie kommen. Die Sache ist die, *Sahib* – und ich erzähle dir nur davon, weil ich weiß, daß ein Eid für euch *Feringhees* bindend ist und daß wir dir vertrauen können. Wärst du ein lügnerischer Hindu, so hättest du bei allen Göttern in ihren falschen Tempeln schwören können, dein Blut hätte dennoch am Messer geklebt, und dein Leichnam wäre im Wasser geschwommen. Aber der Sikh kennt den Engländer, und der Engländer kennt den Sikh. So höre denn, was ich dir zu sagen habe.

In den nördlichen Provinzen lebt ein Radscha, der große Reichtümer sein eigen nennt, obgleich seine Ländereien nur klein sind. Viel ist von seinem Vater auf ihn gekommen, und noch mehr hat er selber zusammengerafft, denn er ist von niedrigem Wesen und hortet sein Gold lieber, als es zu gebrauchen. Als die Unruhen ausbrachen, wollte er sowohl mit dem Löwen als auch mit dem Tiger gut Freund sein, mit den *Sepoys* ebenso wie mit dem Reich der *Company*. Bald wollte es ihm indessen scheinen, daß die Tage des weißen Mannes gezählt waren, denn aus dem ganzen Land hörte er von nichts anderem als von dessen Tod und Niederlage. Da er aber ein vorsichtiger Mann ist, richtete er es so ein, daß ihm, was immer auch kommen mochte, wenigstens die Hälfte seines Schatzes erhalten bleiben mußte. Was er an Gold und Silber besaß, behielt er bei sich und verwahrte es in den Gewölben seines Palastes; die kostbarsten Edelsteine und die erlesensten Perlen seines Besitzes jedoch verschloß er in einer eisernen Truhe und übergab diese einem verläßlichen Diener, mit dem Auftrag, sie als Kaufmann verkleidet ins Fort von Agra zu schaffen, wo sie versteckt bleiben sollte, bis wieder Friede im Lande herrschte. Wenn also die Rebellen siegten, so hätte er sein Geld, sollte aber die *Company* die Oberhand gewinnen, so blieben ihm die Juwelen. Nachdem er seinen Schatz so aufgeteilt hatte, schlug er sich auf die Seite der *Sepoys*, die in seinem Gebiet in der Übermacht waren. Durch diese Handlungsweise aber, merke wohl, *Sahib*, fällt sein Besitz denen anheim, die ihrer Sache die Treue gehalten haben.

Dieser vorgebliche Kaufmann, der unter dem Namen Achmet reist, befindet sich nun in der Stadt Agra und versucht, Zugang zum Fort zu erlangen. Er hat als seinen Reisebegleiter Dost Akbar, meinen Halbbruder, bei sich, der um sein Geheimnis weiß. Dost Akbar hat ihm versprochen, ihn heute nacht zu einem Seiteneingang des Forts zu führen, und hat diesen hier für seine Zwecke ausgewählt. Bald wird der Kaufmann hierher kommen, wo Mahomet Singh und ich schon auf ihn warten. Der Ort ist abgelegen, und niemand weiß, daß er kommt. Die Welt wird nichts mehr von dem Kaufmann Achmet hören, wir aber werden den Schatz des Radschas unter uns aufteilen. Was sagst du dazu, *Sahib*?‹

In der Grafschaft Worcester kommt einem ein Menschenleben als ein heiliges und unantastbares Gut vor; aber wenn man inmitten von Blut und Flammen lebt und sich daran gewöhnt hat, dem Tod auf Schritt und Tritt zu begegnen, sieht die Sache schon sehr anders aus. Ob der Kaufmann Achmet lebte oder tot war, das scherte mich herzlich wenig; das Gerede von dem Schatz aber hatte mein Interesse geweckt, und ich begann mir auszumalen, was ich in der alten Heimat alles damit anfangen könnte und was die zu Hause für Augen machen würden, wenn ihr Tunichtgut mit den Taschen voller Golddukaten zurückkehrte. Mein Entschluß war deshalb schnell gefaßt. Abdullah Khan jedoch, der anzunehmen schien, daß ich noch zögerte, setzte mir weiterhin zu.

›Bedenke auch dies, *Sahib*‹, sagte er, ›wenn der Kommandant diesen Mann aufgreift, so wird er gehängt oder erschossen, die Juwelen werden von der Regierung beschlagnahmt, und kein Mensch hat auch nur eine Rupie Gewinn davon. Wenn nun aber wir es sind, die ihn aufgreifen, warum sollten wir dann nicht auch den Rest besorgen? Die Juwelen sind bei uns genauso gut aufgehoben wie in den Schatzkammern der *Company*. Und es ist genug da, um uns alle zu reichen Männern und mächtigen Anführern zu machen. Niemand wird etwas von der Sache erfahren, denn hier sind wir von allem abgeschnitten. Was könnte günstiger für uns sein? So antworte mir denn, *Sahib*, bist du mit uns, oder müssen wir dich als Feind betrachten?‹

›Ich bin mit euch mit Leib und Seele‹, sagte ich.

›Dann ist es gut‹, antwortete er und gab mir meine Muskete zurück. ›Du siehst, wir trauen dir, denn du darfst dein Wort ebensowenig brechen wie wir das unsere. Jetzt brauchen wir nur noch auf meinen Bruder und den Kaufmann zu warten.‹

›Weiß dein Bruder denn, was ihr vorhabt?‹ fragte ich ihn.

›Das Ganze ist sein Plan; er hat ihn ausgedacht. Aber laß uns jetzt zum Eingang zurückkehren und gemeinsam mit Mahomet Singh Ausschau halten.‹

Der Regen fiel noch immer unablässig, denn wir standen am Anfang der Regenzeit. Schwere, braune Wolken zogen über den Himmel, und man konnte kaum einen Steinwurf weit sehen. Vor unserer Pforte war ein tiefer Graben, aber das Wasser darin war stellenweise fast völlig eingetrocknet, so daß es ein leichtes war, ihn zu durchqueren. Es war mir seltsam zumute, als ich neben diesen beiden wilden Punjabis stand und auf den Mann wartete, der seinem Tod entgegenging.

Plötzlich erspähte mein Auge jenseits des Grabens den Lichtschimmer einer verdunkelten Laterne. Er verschwand wieder hinter den Erdwällen, tauchte dann abermals auf und bewegte sich langsam auf uns zu.

›Da sind sie!‹ rief ich aus.

›Du wirst ihn wie üblich anrufen, *Sahib*‹, flüsterte Abdullah. ›Gib acht, daß er keinen Verdacht schöpft. Dann trägst du uns auf, mit ihm hineinzugehen, und wir erledigen den Rest, während du hier Wache stehst. Halt dich bereit, die Laterne aufzudecken, damit wir sicher sind, daß wir auch wirklich den Richtigen haben.‹

Bald stockte das flackernde Licht, bald setzte es sich wieder in Bewegung und hatte sich inzwischen so weit genähert, daß ich auf der anderen Seite des Grabens zwei dunkle Gestalten erkennen konnte. Ich wartete, bis sie die abschüssige Halde heruntergeklettert und durch den Sumpf gewatet waren; erst als sie die Hälfte des Aufstiegs zu unserer Pforte hinter sich gebracht hatten, rief ich sie an.

›Wer da?‹ fragte ich mit gedämpfter Stimme.

›Gut Freund‹, kam die Antwort zurück. Ich deckte meine Laterne auf, und eine helle Flut von Licht ergoß sich über sie. Der erste war ein riesengroßer Sikh mit einem schwarzen Bart, der ihm beinahe bis zum Gürtel hinabwallte. Nur in Kuriositätenschauen hatte ich je einen so großen Menschen gesehen. Der andere war ein kleiner, fetter, kugelrunder Mann mit einem großen gelben Turban; er trug etwas, das in ein Tuch geschlagen war. Er schien vor Angst am ganzen Leib zu zittern, denn seine Hände zuckten, als litte er an Sumpffieber, und sein Kopf mit den kleinen, hell glänzenden Äuglein drehte sich ständig nach rechts und links, wie der einer Maus, die sich aus ihrem Loch hervorwagt. Bei dem Gedanken, ihn zu töten, lief es mir kalt über den Rücken, aber dann dachte ich an den Schatz, und mein Herz wurde hart wie Stein. Kaum hatte er mein weißes Gesicht erblickt, da stieß er einen kleinen Freudenschrei aus und rannte mir entgegen.

›Gewährt mit Euern Schutz, *Sahib*‹, japste er, ›gewährt dem unglücklichen Kaufmann Achmet Euern Schutz. Ich bin durch ganz Radschputana gereist, um hier im Fort von Agra Zuflucht zu suchen. Man hat mich beraubt, geschlagen, beleidigt, und all dies, weil ich ein Freund der *Company* bin. Gesegnet sei die Nacht, da ich mich endlich wieder in Sicherheit befinde, ich und meine bescheidenen Habseligkeiten.‹

›Was trägst du da in deinem Bündel?‹ fragte ich.

›Eine Eisentruhe‹, erwiderte er. ›Sie enthält ein, zwei Familienerbstücke, die für andere ohne Wert sind, an denen ich jedoch sehr hänge. Denkt aber nicht, daß ich ein Bettler bin; ich werde Euch belohnen, junger *Sahib*, und Euren Kommandanten ebenso, wenn er mir den Schutz gewährt, den ich von ihm erbitte.‹

Ich traute mich nicht, länger mit dem Mann zu sprechen. Je länger ich in sein fettes, angsterfülltes Gesicht blickte, desto schwieriger erschien es mir, ihn einfach kaltblütig umzubringen. Das beste war, wenn wir die Sache so schnell als möglich hinter uns brachten.

›Führt ihn zur Hauptwache‹, sagte ich. Die beiden Sikhs nahmen ihn in die Mitte, und der Riese ging hinter ihnen her; so verschwanden sie in dem dunklen Eingang. Nie habe ich einen Mann so rings vom Tode umgeben gesehen wie diesen. Ich blieb mit der Laterne beim Eingang zurück.

Man hörte das gleichmäßige Stapfen ihrer Füße durch die einsamen Korridore hallen. Plötzlich jedoch brach es ab, und ich vernahm Stimmen, Geräusche wie von einem Handgemenge, Schläge. Einen Augenblick später hörte ich zu meinem Entsetzen hastige Schritte herannahen sowie das laute Keuchen eines rennenden Mannes. Ich leuchtete mit meiner Laterne den langen, geraden Gang entlang, und wahrhaftig, da kam wie ein Sturmwind der dicke Mann angerannt; Blut rann ihm über das Gesicht, und dicht auf den Fersen folgte ihm, mit Sprüngen wie ein Tiger, der große, schwarzbärtige Sikh, in dessen Hand ein Messer blitzte. Nie habe ich einen Menschen so schnell laufen sehen wie diesen kleinen Kaufmann. Er gewann mehr und mehr Vorsprung auf den Sikh, und wenn er erst an mir vorbei ins Freie gelangte, so wäre er gerettet, das war mir klar. In meinem Herzen begann sich Mitleid zu regen, aber der Gedanke an den Schatz ließ mich abermals hart und unerbittlich werden. Als er an mir vorbeistürmte, warf ich ihm meine Muskete zwischen die Beine, und er überschlug sich zweimal, wie ein erlegter Hase. Noch ehe er sich wieder aufrappeln konnte, war der Sikh schon über ihm und stieß ihm das Messer zweimal in den Leib. Der Mann gab kein Stöhnen von sich und zuckte mit keinem Muskel, sondern blieb reglos liegen, wo er hingefallen war. Ich glaube beinahe, daß er sich beim Fallen das Genick gebrochen hat. Sie sehen, Gentlemen, ich halte mein Versprechen und erzähle die Geschichte Wort für Wort so, wie sie sich zugetragen hat, gleichgültig, ob sie für mich spricht oder nicht.«

Hier brach er ab und streckte seine gefesselten Hände nach der Mischung aus Whisky und Wasser aus, die Holmes für ihn zusammengebraut hatte. Ich für mein Teil muß gestehen, daß dieser Mann mir inzwischen den heftigsten Abscheu einflößte; nicht nur wegen des kaltblütigen Anschlages, an dem er beteiligt gewesen war, sondern noch mehr wegen der irgendwie leichtfertigen und wegwerfenden Art, mit der er davon erzählte. Welche Strafe auch immer seiner harren mochte, von meiner Seite hatte er kein Mitgefühl zu gewärtigen. Sherlock Holmes und Jones saßen, die Hände auf den Knien, da und warteten gespannt auf den Fortgang der Geschichte, aber der gleiche Widerwille stand auch ihnen im Gesicht geschrieben. Small mochte dies bemerkt haben, denn als er fortfuhr, lag eine Spur von Trotz in seiner Stimme und in seinem Gebaren.

»Gewiß, das war alles sehr schlimm«, sagte er, »aber ich möchte zu gerne wissen, wie mancher es an meiner Stelle wohl abgelehnt hätte, an so einer Beute beteiligt zu werden, wenn er gleichzeitig wußte, daß man ihm als Dank für seine Skrupel die Kehle durchschneiden würde. Zudem stand, sobald er einmal im Fort war, mein Leben gegen seins. Hätte ich ihn entkommen lassen, so wäre die ganze Sache ans Licht gekommen, und man hätte mich aller Wahrscheinlichkeit nach vor Kriegsgericht gestellt und erschossen, denn Milde war in jenen Zeiten nicht gerade an der Tagesordnung.«

»Fahren Sie fort mit Ihrer Geschichte«, sagte Holmes schroff.

»Nun denn, wir trugen ihn also hinein, Abdullah, Akbar und ich. Dafür, daß er so klein war, hatte er ein ganz schönes Gewicht. Mahomet Singh blieb zurück, um die Pforte zu bewachen. Wir brachten ihn an einen Ort, den die Sikhs schon dafür vorbereitet hatten. Er lag ein Stück weit entfernt, wo ein gewundener Gang in eine große, leere Halle einmündete, deren Backsteinmauern überall am Einstürzen waren. Der Fußboden aus gestampfter Erde war dort an einer Stelle abgesunken und bildete eine Art natürlichen Grabes; da also ließen wir den Kaufmann Achmet liegen, nachdem wir ihn zuvor mit herausgebrochenen Backsteinen bedeckt hatten. Daraufhin kehrten wir alle zu dem Schatz zurück.

Der lag noch immer dort, wo Achmet ihn hatte fallen lassen, als er zum ersten Mal angegriffen worden war. Es war dieselbe Truhe, die hier offen vor Ihnen auf dem Tisch steht. Von dem geschnitzten Griff auf dem Deckel hing an einer seidenen Schnur ein Schlüssel herab. Wir öffneten die Truhe, und im Licht unserer Laterne funkelte eine Sammlung von Edelsteinen von solcher Pracht, wie ich es früher in Büchern gelesen oder mir erträumt hatte, als ich ein kleiner Junge in Pershore war. Das Auge war geblendet von dem Anblick. Nachdem wir unsere Blicke genug daran geweidet hatten, nahmen wir die Juwelen heraus und legten ein Verzeichnis davon an. Es waren einhundertunddreiundvierzig Diamanten reinsten Wassers, darunter einer, welcher, soviel ich weiß, der ›Große Mogul‹ genannt wurde und der zweitgrößte Edelstein der Welt sein soll. Dann waren da siebenundneunzig edle Smaragde und einhundertundsiebzig Rubine, von denen allerdings einige ziemlich klein waren. Des weiteren vierzig Karfunkel, zweihundertundzehn Saphire, einundachzig Achate sowie eine große Anzahl von Beryllen, Onyxen, Türkisen und anderen Steinen, von denen ich damals noch nicht einmal die Namen kannte; inzwischen kenn ich mich auf dem Gebiet schon etwas besser aus. Außerdem waren da an die dreihundert der edelsten Perlen, deren zwölf als Besatz eines Golddiadems dienten. Die hat übrigens jemand aus der Truhe genommen, denn als ich diese wieder an mich brachte, fehlten sie.

Nachdem wir unsere Schätze gezählt hatten, legten wir sie in die Truhe zurück und schafften sie zum Eingang, um sie Mahomet Singh zu zeigen. Darauf erneuerten wir feierlich unseren Eid, einander beizustehen und das Geheimnis niemandem preiszugeben. Wir kamen überein, die Beute an einem sicheren Ort zu verstecken, bis wieder Friede im Land herrschte, und sie dann gleichmäßig unter uns aufzuteilen. Es hatte keinen Sinn, die Teilung sogleich vorzunehmen, denn es hätte Verdacht erregt, wenn man so wertvolle Kleinodien auf uns gefunden hätte, und in der Unterkunft konnte man nichts für sich behalten oder aufbewahren. Wir brachten die Truhe deshalb in die Halle, in der wir schon den Leichnam begraben hatten, höhlten die am besten erhaltene Wand unterhalb einiger besonders gekennzeichneter Backsteine aus und legten den Schatz hinein. Wir prägten uns die Stelle aufs genaueste ein, und am folgenden Tag zeichnete ich vier Pläne, einen für jeden von uns, und setzte das Zeichen von uns Vieren darunter, denn wir hatten einander geschworen, daß ein jeder von uns allezeit im Interesse aller handeln und keiner je die andern übervorteilen würde. Und diesen Eid – das kann ich mit der Hand auf dem Herzen beschwören – habe ich niemals gebrochen.

Nun, Gentlemen, ich brauche Ihnen wohl nicht zu erzählen, wie der Aufstand in Indien geendet hat. Nachdem Wilson einmal Delhi eingenommen und Sir Colin Lucknow entsetzt hatte, war der Bewegung das Rückgrat gebrochen. Frische Truppen strömten ins Land, und Nana Sahib machte sich dünn und verschwand über die Grenze. In Agra traf eine fliegende Kolonne unter dem Befehl von Colonel Greathed ein und vertrieb die Aufständischen. Im Land schien allmählich wieder Friede einzukehren, und wir vier begannen bereits zu hoffen, die Zeit sei nahe, wo wir uns mit unseren Anteilen unbehelligt aus dem Staub machen könnten. Unsere Hoffnungen wurden jedoch von einem Moment auf den anderen zunichte gemacht, denn wir wurden wegen des Mordes an Achmet verhaftet.

Das war folgendermaßen gekommen. Wenn der Radscha seine Juwelen Achmet anvertraut hatte, so deshalb, weil er wohl wußte, daß er an ihm einen verläßlichen Mann hatte. Indes, die Leute da drüben im Osten sind mißtrauisch – und was tat also unser Radscha? Er wählte einen zweiten, noch verläßlicheren Mann aus seiner Dienerschaft aus und setzte ihn als Spion auf den ersten an. Der zweite Mann hatte den Auftrag, Achmet keinen Moment aus den Augen zu lassen, und wirklich folgte er ihm wie ein Schatten. Auch in jener Nacht war er ihm hinterhergeschlichen und hatte ihn in dem Eingang verschwinden sehen. Selbstverständlich nahm er an, der andere habe im Fort Zuflucht gefunden, und bat am darauffolgenden Tag ebenfalls um Einlaß, konnte jedoch keine Spur von Achmet finden. Dies befremdete ihn so sehr, daß er mit einem Späherfeldwebel darüber sprach, und dieser brachte es dem Kommandanten zu Ohren. Das Fort wurde sogleich gründlich durchsucht und der Leichnam entdeckt. So kam es, daß wir just in dem Augenblick, als wir dachten, es könne nichts mehr schiefgehen, alle vier gefangengenommen und unter Mordanklage vor Gericht gestellt wurden – drei von uns, weil wir in der besagten Nacht jenen Eingang bewacht hatten, und der vierte, weil man wußte, daß er der Begleiter des Ermordeten gewesen war. Die Juwelen wurden bei der Verhandlung mit keinem Wort erwähnt, denn der Radscha war inzwischen entmachtet und aus Indien vertrieben worden, und so hatte niemand ein besonderes Interesse daran. Der Mord allerdings wurde uns eindeutig nachgewiesen, und auch darüber, daß wir alle vier daran beteiligt gewesen waren, gab es keinen Zweifel. Die drei Sikhs erhielten lebenslängliche Zwangsarbeit, und ich wurde zum Tode verurteilt, wobei meine Strafe jedoch später in dieselbe wie die meiner Gefährten umgewandelt wurde.

Es war eine ziemlich seltsame Situation, in der wir uns nun befanden. Alle vier steckten wir in Fußfesseln, und es bestand herzlich wenig Hoffnung, daß wir je wieder die Freiheit erlangen würden; andererseits war jeder von uns im Besitz eines Geheimnisses, das ihm ein Leben in einem Palast ermöglicht hätte, wären wir nur in der Lage gewesen, davon Gebrauch zu machen. Es konnte einem schon das Herz abdrücken: Da mußte man die Hiebe und Tritte jedes miesen kleinen Beamten, der sich für einen Halbgott hielt, hinnehmen, bekam nichts anderes als Reis zu essen und Wasser zu trinken, und draußen lag dies phantastische Vermögen für einen bereit und wartete bloß darauf, abgeholt zu werden. Ich hätte darob verrückt werden können; aber ich bin schon immer ein zäher Bursche gewesen, und so hielt ich aus und wartete meine Zeit ab.

Endlich sah es so aus, als sei es soweit. Ich war von Agra nach Madras und von dort aus nach der Insel Blair auf den Andamanen verlegt worden. In jener Siedlung gab es außer mir fast keine weißen Sträflinge, und da ich mich vom ersten Tag an gut führte, war ich bald so etwas wie eine privilegierte Person. Ich erhielt eine Hütte in Hope Town, einem kleinen Ort am Abhang des Mount Harriet, und wurde so ziemlich in Ruhe gelassen. Es ist ein trostloser, vom Sumpffieber heimgesuchter Ort, und das ganze Gebiet um unsere kleinen Rodungen herum wimmelte von kannibalischen Eingeborenen, die nur darauf warteten, uns bei der erstbesten Gelegenheit einen vergifteten Pfeil aus ihren Blasrohren zu verpassen. Wir hatten Gräben zu schaufeln, Yam anzupflanzen und ein Dutzend anderer Dinge mehr zu tun; tagsüber gab es also mehr als genug Arbeit; an den Abenden aber blieb uns ein wenig Zeit für uns selbst. Unter anderem lernte ich, Arzneien für den Militärarzt herzustellen, und eignete mir dabei eine oberflächliche Kenntnis seiner Kunst an. Die ganze Zeit über hielt ich Ausschau nach einer Möglichkeit zu entkommen; aber die Insel liegt Hunderte von Meilen von jedem anderen Land entfernt, und in jenen Gewässern gibt es wenig oder gar keinen Wind; eine Flucht stellte sich deshalb als ein entsetzlich schwieriges Unterfangen dar.

Der Arzt, Dr. Somerton, war ein flotter, unternehmungslustiger Geselle, und die anderen jungen Offiziere trafen sich abends regelmäßig in seinem Quartier, um Karten zu spielen. Das Sprechzimmer, wo ich meine Arzneien zusammenzubrauen pflegte, lag direkt neben seinem Wohnzimmer, und die beiden Räume waren mittels eines kleinen Fensters miteinander verbunden. Oft, wenn ich mich einsam fühlte, löschte ich das Licht im Sprechzimmer und stellte mich an dieses Fenster, von dem aus ich ihr Gespräch belauschen und ihr Spiel beobachten konnte. Ich spiele selbst ganz gern eine Partie, und die andern zu beobachten war beinahe ebensogut, wie selbst ein Blatt in der Hand zu halten. Die Teilnehmer waren Major Sholto, Captain Morstan und Leutnant Bromley Brown, die den Oberbefehl über die Eingeborenentruppen innehatten, dann war da der Arzt selbst, und außerdem zwei oder drei Leute von der Gefängnisverwaltung, gewiefte alte Spieler, die ein feines, raffiniertes, sicheres Spiel spielten. Es war eine sehr gemütliche kleine Runde, die da jeweils beisammensaß.

Etwas fiel mir allerdings sehr bald auf, daß nämlich die Militärs immer verloren und die Zivilisten immer gewannen. Nicht daß ich etwa behaupten will, es sei nicht mit rechten Dingen zugegangen, bewahre, es war einfach so. Diese Gefängnisleute hatten, seit sie auf den Andamanen waren, nicht viel anderes getan, als Karten zu spielen, und einer war mit des andern Spiel bis zu einem gewissen Grade vertraut, während die übrigen nur so zum Zeitvertreib spielten und die Karten hinknallten, wie es gerade kam. Nacht für Nacht verließen die Offiziere den Ort um einiges ärmer, und je ärmer sie wurden, desto versessener waren sie auf das nächste Spiel. Am schlimmsten hatte es Major Sholto erwischt. Anfänglich bezahlte er noch in Gold und Banknoten, bald schon aber kam es zu Schuldscheinen, und zwar über große Beträge. Manchmal gewann er ein paar Runden lang, gerade genug, um etwas Mut zu fassen, dann aber pflegte das Glück sich schlimmer denn je gegen ihn zu wenden. Tagein, tagaus lief er dann mit einer rabenschwarzen Laune in der Gegend herum, und zudem fing er an, viel mehr zu trinken, als gut für ihn war.

Eines Abends hatte er noch ärger verloren als sonst. Ich saß in meiner Hütte, als er und Captain Morstan heimwärts zu ihren Quartieren wankten. Die zwei waren Busenfreunde, und wo der eine war, war meist auch der andere nicht weit. Der Major war außer sich wegen seiner Verluste.

›Jetzt ist alles aus, Morstan‹, sagte er, als sie an meiner Hütte vorbeigingen. ›Es bleibt mir nichts anderes übrig, als meinen Rücktritt einzureichen. Ich bin ruiniert!‹

›Unsinn, alter Junge‹, entgegnete der andere und klopfte ihm auf die Schultern. ›Ich mußte ja selbst einen harten Schlag einstecken, aber . . .‹ Das war alles, was ich hörte, aber es war genug, um mich auf eine Idee zu bringen.

Ein paar Tage später sah ich Major Sholto am Strand spazierengehen und nutzte die Gelegenheit, um mit ihm zu sprechen.

›Ich möchte Sie um einen Rat bitten, Major‹, begann ich.

›Nun, Small, was haben Sie auf dem Herzen?‹ fragte er und nahm seinen Stumpen aus dem Mund.

›Können Sie mir sagen, Sir, wer dafür zuständig ist, wenn man einen verstecken Schatz auszuhändigen hat?‹ fragte ich. ›Ich weiß, wo eine halbe Million versteckt liegt, und da ich selbst keinen Gebrauch davon machen kann, habe ich mir gedacht, das beste sei wahrscheinlich, ihn den zuständigen Behörden auszuhändigen, und vielleicht würden die dann dafür sorgen, daß meine Strafe verkürzt wird.‹

›Eine halbe Million, Small?‹ stieß er hervor und blickte mich scharf an, ob ich im Ernst sprach.

›Sie sagen es, Sir, in Perlen und Edelsteinen. Und jedermann hat freien Zugang dazu. Und das Tollste daran ist, daß der tatsächliche Besitzer für vogelfrei erklärt worden ist und kein Eigentum mehr beanspruchen kann, so daß der Schatz dem ersten besten gehört.‹

›Der Regierung, Small‹, stammelte er, ›der Regierung.‹ Aber er sagte es so stockend, daß ich wohl wußte, ich hatte ihn an der Angel.

›Sie sind also der Meinung, Sir, daß ich die Sache dem Generalgouverneur melden sollte?‹ sagte ich ruhig.

›Tja, nun, Sie sollten so etwas nicht überstürzen, sonst reut es Sie nachher vielleicht. Erzählen Sie mir doch mal die ganze Sache, Small, ich brauche Tatsachen.‹

Ich erzählte ihm die ganze Geschichte, jedoch mit kleinen Veränderungen, damit er die Örtlichkeiten nicht identifizieren konnte. Als ich fertig war, stand er stocksteif und tief in Gedanken versunken da. An dem Zucken seiner Lippen konnte ich sehen, daß sich in seinem Innern ein Kampf abspielte.

›Das ist eine Angelegenheit von großer Wichtigkeit, Small‹, sagte er endlich. ›Lassen Sie zu niemandem auch nur ein Wort darüber verlauten; ich werde Sie bald wieder darauf ansprechen.‹

Zwei Tage später kamen er und sein Freund, Captain Morstan, mitten in der Nacht mit einer Laterne zu meiner Hütte.

›Ich möchte, daß Captain Morstan diese Geschichte aus Ihrem eigenen Mund hört, Small‹, sagte er.

Ich wiederholte sie genau so, wie ich sie zuvor erzählt hatte.

›Klingt, als ob es wahr wäre, was?‹ versetzte er. ›Und gut genug, daß wir was unternehmen?‹

Captain Morstan nickte.

›Hören Sie zu, Small‹, sagte der Major, ›mein Freund hier und ich, wir haben die Sache miteinander besprochen und sind zu dem Schluß gekommen, daß Ihr Geheimnis letzten Endes wohl weniger Sache der Regierung, sondern Ihre private Angelegenheit ist und daß Sie deshalb ganz nach Ihrem eigenen Gutdünken darüber verfügen können. Die Frage ist nun die, welchen Preis Sie dafür fordern würden. Wir wären nämlich unter Umständen bereit, uns um die Sache zu kümmern und sie zumindest etwas genauer in Augenschein zu nehmen, wenn wir uns über die Bedingungen einig werden können.‹ Er bemühte sich, einen möglichst kühlen und gelassenen Ton anzuschlagen, aber seine Augen glänzten vor Aufregung und Gier.

›Nun, was dies betrifft, Gentlemen‹, erwiderte ich und versuchte, ebenfalls kühl zu wirken, obgleich ich genauso aufgeregt war wie er, ›für einen Mann in meiner Situation gibt es nur einen lohnenden Handel; meine Forderung ist die, daß Sie mir zur Freiheit verhelfen und meinen drei Gefährten ebenfalls. In diesem Fall würden wir Sie als Partner betrachten und Ihnen ein Fünftel aussetzen, das sie unter sich teilen könnten.‹

›Hm‹, versetzte er, ›ein Fünftel. Kein besonders verlockendes Angebot!‹

›Das würde fünfzigtausend pro Kopf ausmachen‹, sagte ich.

›Aber wie sollten wir Sie denn freibekommen? Sie wissen ganz genau, daß Sie Unmögliches von uns verlangen.‹

›Ganz und gar nicht‹, entgegnete ich. ›Ich habe alles bis in die letzte Einzelheit durchdacht. Das einzige, was unserer Flucht im Wege steht, ist, daß wir kein seetüchtiges Boot auftreiben können und genügend Vorräte für eine so weite Reise. In Kalkutta oder Madras gibt es massenhaft kleine Jachten und Jollen, die für unseren Zweck wie geschaffen sind. Sie brauchen lediglich eine herüberzubringen. Wir sehen dann, wie wir im Schutze der Nacht an Bord gelangen, und wenn Sie uns dann irgendwo an der indischen Küste absetzen, so ist Ihr Teil an unserem Handel damit abgeleistet.‹

›Wenn es nur um *einen* Sträfling ginge‹, sagte er.

›Alle oder keiner‹, erwiderte ich. ›Das haben wir geschworen. Wir vier müssen allezeit gemeinsam handeln.‹

›Sehen Sie, Morstan‹, sagte er, ›Small ist ein Mann, der sein Wort hält. Er läßt seine Freunde nicht im Stich. Ich denke, wir dürfen ihm ruhig trauen.‹

›Das Ganze ist ein schmutziges Geschäft‹, erwiderte der andere, ›aber Sie haben recht, das Geld wird mehr als ausreichen, um uns unsere Offiziersstellen zu erhalten.‹

›Nun, Small‹, sagte der Major, ›es bleibt uns wohl nichts anderes übrig, als auf Ihren Vorschlag einzugehen. Selbstverständlich wollen wir aber erst überprüfen, ob Ihre Geschichte auch wahr ist. Sagen Sie mir also, wo der Schatz versteckt ist, und ich werde Urlaub nehmen und mit dem monatlichen Ablösungsboot nach Indien übersetzen, um die Sache zu untersuchen.

›Nicht so schnell‹, sagte ich, um so kühler werdend, je mehr er sich für die Sache erwärmte. ›Ich muß zuerst die Einwilligung meiner drei Kameraden haben. Ich habe es Ihnen schon einmal gesagt; bei uns heißt es alle vier oder keiner.‹

›Dummes Zeug‹, entfuhr es ihm. ›Was haben denn drei schwarze Kerle mit unserer Vereinbarung zu schaffen?‹

›Egal ob schwarz oder blau‹, erwiderte ich, ›sie gehören dazu, und wir fahren gemeinsam.‹

Nun, zu guter Letzt lief die Sache auf ein zweites Treffen hinaus, bei dem auch Mahomet Singh, Abdullah Khan und Dost Akbar zugegen waren. Wir sprachen die ganze Sache noch einmal durch und kamen schließlich zu einer Vereinbarung. Beide Offiziere sollten je einen Plan des Forts von Agra erhalten, auf dem die Stelle in der Mauer, wo der Schatz versteckt lag, markiert war. Darauf würde Major Sholto nach Indien gehen, um unsere Geschichte zu überprüfen. Falls er die Truhe fand, würde er sie dortlassen und eine kleine Jacht mit genügend Vorräten für eine Seereise nach der Insel Rutland aussenden, und während er zu seinen Pflichten zurückkehrte, würden wir uns zu ihr durchschlagen. Als nächstes sollte Captain Morstan Urlaub beantragen und uns in Agra treffen; dort sollte die endgültige Teilung des Schatzes erfolgen, wobei Morstan sowohl den Anteil des Majors als auch seinen eigenen mitnehmen würde. All dies besiegelten wir mit den feierlichsten Eiden, die ein menschlicher Geist ersinnen und ein Mund aussprechen kann. Ich arbeitete die ganze Nacht hindurch mit Papier und Tinte, und als der Morgen graute, hatte ich die zwei Pläne beisammen, unterzeichnet mit dem Zeichen der Vier – das heißt im Namen von Abdullah, Akbar, Mahomet und mir.

Nun, Gentlemen, meine lange Geschichte beginnt Sie zu

ermüden, und ich weiß, daß mein Freund, Mr. Jones, es kaum erwarten kann, mich sicher hinter Gittern verwahrt zu wissen. Ich will mich deshalb so kurz wie möglich fassen. Dieser Halunke von Sholto reiste also nach Indien ab, kehrte jedoch nie mehr zurück. Captain Morstan zeigte mir seinen Namen auf der Passagierliste eines Postbootes, das kurz danach nach England abgegangen war. Sein Onkel war gestorben und hatte ihm ein Vermögen hinterlassen, und so hatte er seinen Dienst quittiert; trotzdem schämte er sich nicht, sich uns fünf Männern gegenüber so zu verhalten, wie er es dann getan hat. Kurze Zeit später ging Morstan nach Agra und mußte wie erwartet feststellen, daß der Schatz tatsächlich verschwunden war. Dieser Schuft hatte uns alles gestohlen, ohne auch nur eine einzige der Bedingungen zu erfüllen, mit denen er unser Geheimnis hätte erkaufen sollen. Von jener Zeit an lebte ich nur noch meiner Rache. Der Gedanke daran beschäftigte mich bei Tag und ließ mir keine Ruhe in der Nacht. Es wurde zu einer überwältigenden, verzehrenden Leidenschaft bei mir. Das Gesetz schreckte mich nicht – auch der Galgen nicht. Zu flüchten, Sholto zur Strecke zu bringen, ihm meine Hände um den Hals zu legen, das war mein einziger Gedanke. Selbst der Agra-Schatz schien mir nun von geringerer Bedeutung als die Pflicht, Sholto umzubringen.

Nun, ich habe mir im Laufe meines Lebens manches in den Kopf gesetzt, und was es auch war, ich habe es stets auch ausgeführt. Es dauerte jedoch endlos lange Jahre, bis meine Zeit endlich gekommen war. Wie ich bereits erwähnt habe, hatte ich ein bißchen was von Medizin aufgeschnappt. Eines Tages nun, als Dr. Somerton mit einem Fieber darniederlag, brachte eine Sträflingskolonne einen kleinen Insulaner aus dem Urwald zurück. Er war todkrank und hatte sich an einen einsamen Ort zurückgezogen, um zu sterben. Ich nahm mich seiner an, obwohl er giftig wie eine junge Schlange war, und nach ein paar Monaten brachte ich ihn wieder auf die Beine. Er hatte inzwischen eine Art von Zuneigung zu mir gefaßt und wollte kaum mehr zurück in seine Wälder, sondern lungerte die ganze Zeit bei meiner Hütte herum. Ich lernte ein wenig von seinem Kauderwelsch von ihm, und das ließ ihn nur noch anhänglicher werden.

Tonga – so hieß er nämlich – war ein ausgezeichneter Ruderer und besaß ein eigenes Kanu, das recht groß und geräumig war. Als ich bemerkte, wie ergeben er mir war und daß er alles für mich tun würde, sah ich, wie ich doch noch fliehen könnte. Ich sprach die Sache mit ihm durch. Er sollte mich mit seinem Boot in einer bestimmten Nacht an einem alten Landeplatz, der nie bewacht wurde, abholen kommen. Zudem wies ich ihn an, mehrere Kürbisflaschen voll Wasser und einen Haufen Yamwurzeln, Kokosnüsse und Süßkartoffeln mitzunehmen.

Treu und zuverlässig, ja das war er, der kleine Tonga. Niemand hat je einen ergebeneren Freund besessen. In der festgesetzten Nacht erschien er mit seinem Boot bei dem Landeplatz. Es traf sich jedoch, daß einer von der Wachmannschaft dort unten Posten stand, ein mieser Paschtun, der nie eine Gelegenheit ausgelassen hatte, mir Schimpf und Schaden zuzufügen. Ich hatte ihm seit jeher Rache geschworen, und das war die Gelegenheit dazu. Es war, als hätte ihn das Schicksal mir in den Weg gestellt, damit ich die alte Rechnung begleichen konnte, bevor ich die Insel verließ. Er stand, den Karabiner über die Schulter gehängt, am Ufer und wandte mir den Rücken zu. Ich blickte mich nach einem Stein um, um ihm den Schädel einzuschlagen, konnte aber nirgends einen entdecken.

Da fiel mir was Komisches ein, wie ich zu einer Waffe kommen könnte. Ich setzte mich im Dunkeln nieder und schnallte mein Holzbein ab. Mit drei mächtigen Hopsern war ich bei ihm. Er riß den Karabiner an die Schulter, aber da schlug ich schon mit voller Wucht zu und zerschmetterte ihm gleich die Stirn. Man kann jetzt noch einen Riß im Holz sehen, da, wo ich ihn getroffen habe. Wir gingen beide zu Boden, denn ich konnte das Gleichgewicht nicht halten; doch als ich mich aufgerappelt hatte, sah ich, daß er keinen Mucks mehr machte. Ich ging zum Boot, und eine Stunde später waren wir schon ganz schön weit draußen. Tonga hatte all seine irdischen Güter mitgebracht, seine Waffen ebenso wie seine Götter. Unter anderem waren da ein langer Bambusspeer und einige Kokosmatten, wie sie die Andamaner weben, so daß ich eine Art Segel konstruieren konnte. Zehn Tage lang kreuzten wir so auf gut Glück herum; am elften nahm uns ein Frachtschiff auf, das mit einer Ladung malaiischer Pilger von Singapur nach Dschidda unterwegs war. Das war eine recht seltsame Gesellschaft, und Tonga und ich lebten uns rasch bei ihnen ein. Die Leute hatten einen großen Vorzug: sie ließen uns in Frieden und stellten keine Fragen.

Nun, Sie würden mir wohl keinen Dank wissen, wenn ich Ihnen all die Abenteuer erzählen wollte, die mein kleiner Kamerad und ich miteinander erlebt haben, denn dann säßen Sie bei Sonnenaufgang immer noch hier. Wir sind ganz schön rumgekommen in der Welt, da- und dorthin hat es uns verschlagen, nur nicht nach London. All die Zeit hindurch hab ich mein Ziel jedoch nie aus den Augen verloren. Nachts träumte ich oft von Sholto. Wohl hundertmal hab ich ihn im Schlaf ermordet. Endlich, vor drei oder vier Jahren, sind wir in England eingetroffen. Ich hatte keine großen Schwierigkeiten herauszufinden, wo Sholto lebte, und machte mich daran zu erkunden, ob er den Schatz zu Geld gemacht hatte oder ob dieser noch in seinem Besitz war. Ich freundete mich mit jemandem an, der mir dabei behilflich sein konnte – ich nenne keinen Namen, denn ich will nicht noch einen andern hineinreiten –, und brachte bald in Erfahrung, daß er die Juwelen noch hatte. Dann versuchte ich auf alle möglichen Arten, an ihn heranzukommen, aber er war ganz schön raffiniert und hatte nicht nur seine Söhne und den *Khitmutgar*, sondern stets auch zwei Preisboxer um sich, die ihn bewachten.

Eines Tages kam mir indessen zu Ohren, daß er im Sterben lag. Der Gedanke, er könnte sich meinem Zugriff auf diese Weise entziehen, machte mich rasend; ich hetzte also zu dem Garten, und als ich durchs Fenster blickte, sah ich ihn im Bett liegen und seine Söhne zu beiden Seiten neben ihm stehen. Ich hätte mich nicht gescheut, durchs Fenster zu steigen und es mit allen dreien aufzunehmen, aber in dem Augenblick, als ich ihn ansah, sackte ihm das Kinn herab, und ich wußte, daß er hinüber war. Noch in derselben Nacht jedoch stieg ich in sein Zimmer ein und suchte in seinen Papieren, ob er nicht irgendwo festgehalten hatte, wo unsere Juwelen versteckt waren. Doch da war keine Zeile, und so zog ich mich zurück, so bitter und haßerfüllt, wie ein Mann nur sein kann. Ehe ich das Zimmer verließ, kam mir der Gedanke, daß es uns, wenn ich meine Sikh-Freunde je wieder sehen sollte, eine Genugtuung wäre zu wissen, daß ich ein Mahnmal unseres Hasses hinterlassen hatte. Ich kritzelte also das Zeichen der Vier, so wie es auf dem Plan gestanden hatte, auf ein Blatt Papier und heftete es ihm an die Brust. Es wäre zuviel der Ungerechtigkeit gewesen, wenn man ihn zu Grabe getragen hätte ohne einen letzten Gruß von den Männern, die er beraubt und hintergangen hatte.

In jener Zeit verdienten wir unseren Lebensunterhalt damit, daß ich den guten Tonga auf Jahrmärkten und bei ähnlichen Gelegenheiten als den ›Schwarzen Menschenfresser‹ zur Schau stellte. Er mußte dann rohes Fleisch verschlingen und seinen Kriegstanz aufführen; so brachten wir es alleweil auf einen Hut voll Pennies pro Tag. Ich erfuhr noch immer alle Neuigkeiten von *Pondicherry Lodge*, und ein paar Jahre lang gab es eigentlich nichts zu erfahren, außer daß sie hinter dem Schatz her waren. Endlich kam jedoch das, worauf wir so lange gewartet hatten: Der Schatz war gefunden worden. Er stand zuoberst im Haus, in Mr. Bartholomew Sholtos Chemie-Laboratorium. Ich machte mich sogleich auf, um mir das Haus anzusehen, sah aber keine Möglichkeit, mit meinem Holzbein dort hinaufzugelangen. Als ich jedoch von der Dachluke erfuhr und davon, wann Mr. Sholto jeweils zu Abend aß, da dünkte es mich, daß die Sache mit Tongas Hilfe leicht zu bewältigen sein müßte. Ich brachte ihn also mit hinaus und schlang ihm ein langes Seil um den Leib. Er konnte klettern wie eine Katze, und es dauerte nicht lange, so war er über das

Dach ins Haus gelangt. Das Pech wollte es jedoch, daß Bartholomew Sholto noch im Zimmer war, was ihn teuer zu stehen kam. Tonga bildete sich ein, etwas besonders Schlaues getan zu haben, indem er ihn getötet hatte, denn als ich am Seil zu ihm heraufgeklettert kam, stolzierte er wie ein Pfau im Zimmer auf und ab. Er verstand die Welt nicht mehr, als ich mit dem Seilende auf ihn losging und ihn als blutrünstigen kleinen Teufel beschimpfte. Ich nahm dann die Schatztruhe und ließ sie an dem Seil hinunter, und nachdem ich auf dem Tisch das Zeichen der Vier hinterlassen hatte, um deutlich zu machen, daß die Juwelen endlich in den Besitz derer gelangt waren, die am meisten Recht darauf hatten, ließ ich mich selbst hinuntergleiten. Darauf zog Tonga das Seil wieder hinauf, schloß das Fenster und machte sich davon, so, wie er gekommen war.

Ich wüßte wirklich nicht, was ich Ihnen sonst noch groß erzählen soll. Ich hatte zufällig gehört, wie ein Fährmann über die Schnelligkeit von Smiths Dampfkahn, der *Aurora*, sprach, und da dachte ich mir, daß sie sich eignen könnte für unsere Flucht. Ich wurde handelseinig mit dem alten Smith, und er hätte eine schöne Stange Geld von mir gekriegt, wenn er uns sicher zu unserem Schiff gebracht hätte. Er hat bestimmt gerochen, daß da etwas faul war, aber er war nicht eingeweiht in unser Geheimnis. All dies ist nichts als die Wahrheit, und wenn ich Ihnen diese ganze Geschichte erzählt habe, Gentlemen, so nicht etwa zu Ihrer Unterhaltung – Sie haben mir ja nicht gerade einen Freundschaftsdienst erwiesen –, sondern weil ich der festen Überzeugung bin, daß die beste Art, mich zu verteidigen, ganz einfach die ist, mit nichts zurückzuhalten und aller Welt kundzutun, wie übel Major Sholto mir mitgespielt hat und wie unschuldig ich am Tode seines Sohnes bin.«

»Eine höchst bemerkenswerte Erzählung«, sagte Sherlock Holmes; »ein würdiger Abschluß für einen außergewöhnlich interessanten Fall. Im letzten Teil Ihres Berichtes gab es allerdings gar nichts, was mir neu gewesen wäre, außer daß Sie das Seil selbst mitgebracht hatten. Das habe ich nicht gewußt. Da fällt mir ein, ich hatte gehofft, Tonga habe all seine Pfeile verloren, aber auf dem Boot ist es ihm dann doch gelungen, einen auf uns abzuschießen.«

»Er hatte tatsächlich alle verloren, Sir, bis auf den einen, der noch in seinem Blasrohr steckte.«

»Ach so, natürlich«, sagte Holmes, »daran hatte ich nicht gedacht.«

»Gibt es sonst noch einen Punkt, über den Sie Aufschluß von mir wünschen?« fragte der Sträfling dienstbeflissen.

»Danke, ich glaube nicht«, erwiderte mein Gefährte.

»Nun, Holmes«, sagte Athelney Jones, »Sie sind zwar ein Mann, den man bei Laune halten muß, und wir alle wissen, daß Sie ein Connaisseur des Verbrechens sind, aber Pflicht ist Pflicht, und ich bin Ihnen sehr weit entgegengekommen, indem ich Ihre Wünsche und die Ihres Freundes berücksichtigt habe. Es wird mir wohler sein, wenn wir unseren Geschichtenerzähler hier erst mal sicher hinter Schloß und Riegel haben. Die Droschke steht noch immer vor dem Haus, und zudem warten unten zwei Inspektoren. Ich bin Ihnen beiden für Ihre Unterstützung sehr verpflichtet. Selbstverständlich werden Sie beim Prozeß als Zeugen gebraucht werden. Ich wünsche Ihnen eine gute Nacht.«

»Gute Nacht Ihnen beiden, Gentlemen«, sagte Jonathan Small.

»Sie gehen voran, Small«, befahl der argwöhnische Jones, als sie den Raum verließen. »Ich muß doch sehen, daß Sie mich nicht niederknüppeln mit Ihrem Holzbein, mag Ihnen dies auch mit dem Gentleman auf den Andamanen gelungen sein.«

»Nun, damit wären wir wohl am Ende unseres kleinen Dramas angelangt«, bemerkte ich, nachdem wir eine Zeitlang schweigend dagesessen und vor uns hin geraucht hatten. »Ich fürchte beinahe, dies ist wohl die letzte Ermittlung gewesen, bei der es mir vergönnt war, Ihre Methoden zu studieren. Miss Morstan hat mir die Ehre erwiesen, mich als ihren Gemahl in spe zu akzeptieren.«

Er gab ein Geräusch düstersten Unmuts von sich.

»Ich hatte so etwas befürchtet«, sagte er. »Ich kann Sie mit dem besten Willen nicht dazu beglückwünschen.«

Ich war ein wenig verletzt.

»Haben Sie denn irgend etwas auszusetzen an meiner Wahl?« fragte ich.

»Nein, keineswegs. Ich finde, daß sie eine der reizendsten jungen Ladies ist, denen ich je begegnet bin, und daß sie für die Art von Tätigkeit, der wir uns bis anhin gemeinsam gewidmet haben, von größtem Nutzen hätte sein können. Sie hat ein ganz ausgesprochenes Talent in dieser Richtung; denken Sie nur daran, wie sie von all den Papieren ihres Vaters gerade diesen Agra-Plan aufbewahrt hat. Aber die Liebe ist etwas Emotionelles, und alles Emotionelle ist der reinen, kühlen Vernunft, die mir das höchste aller Dinge ist, entgegengesetzt. Ich selbst würde niemals heiraten, aus Furcht, meine Urteilskraft möchte dadurch beeinträchtigt werden.«

»Nun, ich bin zuversichtlich«, erwiderte ich lachend, »daß meine Urteilskraft aus dieser schweren Prüfung unversehrt hervorgehen wird. Aber Sie sehen ja todmüde aus.«

»Ja, die Reaktion hat bereits eingesetzt. Ich werde eine Woche lang schlapp wie ein Waschlappen sein.«

»Es ist schon seltsam«, sagte ich, »wie sich bei Ihnen Perioden von etwas, was ich bei jedem andern als Trägheit bezeichnen würde, mit Ausbrüchen ungeheurer Energie und Lebenskraft abwechseln.«

»Ja«, erwiderte er, »in mir stecken die Anlagen zu einem begnadeten Müßiggänger und zugleich zu einem Kerl von der quicklebendigen Sorte. Ich muß oft an die Zeilen des alten Goethe denken:

> Schade daß die Natur nur *einen* Mensch aus dir schuf,
> Denn zum würdigen Mann war und zum Schelmen der Stoff.

Um übrigens noch einmal auf diese Nordwood-Affäre zurückzukommen; ich habe also recht behalten mit meiner Vermutung, daß sie einen Verbündeten im Hause hatten, und das kann nur Lal Rao, der Diener, gewesen sein. Damit aber fällt Jones nun doch noch die ungeschmälerte Ehre zu, bei seinem großen Fischzug wenigstens einen Fisch gefangen zu haben.«

»Ich finde die Verteilung ziemlich ungerecht«, bemerkte ich. »Sie haben die ganze Arbeit geleistet. Ich bin dadurch zu einer Frau gekommen, Jones kommt zu Ruhm und Ehren, aber was, so frage ich Sie, bleibt denn für Sie?«

»Mir«, erwiderte Sherlock Holmes, »bleibt immer noch die Kokainflasche«, und er streckte seine lange, weiße Hand nach ihr aus.

## Editorische Notiz

Die vorliegende Neuübersetzung folgt den englischen Standardausgaben von *The Sign of the Four*. Sie ist vollständig und wortgetreu, bis auf das Tempus der wörtlichen Rede, welches den Gepflogenheiten im Deutschen behutsam angeglichen wurde. Letzteres gilt insbesondere für Kapitel 10, in welchem Holmes sich in Jonathan Small hineinversetzt. Indische Lehnwörter wie *Nullah* oder *Bhang* werden in den Anmerkungen erklärt.

## Anmerkungen

Seite 8
»Afghanistan-Feldzug« – Gemeint ist der 2. Afghanische Krieg (1878–80), den England von seiner Machtbasis in Indien aus unternahm, um dem nach Osten expandierenden Rußland Einhalt zu gebieten und seine eigene Einflußsphäre zu vergrößern. Dr. Watson war, wie er am Anfang des 1887 erschienenen ersten Sherlock-Holmes-Romans, *Eine Studie in Scharlachrot* (Zürich: Haffmans 1984), berichtet, als junger Militärarzt einem in Indien stationierten Regiment zugeteilt worden und diesem nach Afghanistan gefolgt, wo er eine Schußverletzung erlitt und danach monatelang todkrank mit Typhus in einem Lazarett lag.

Seite 9
»Gregson oder Lestrade oder Athelney Jones« – allesamt Inspektoren von Scotland Yard. In *Eine Studie in Scharlachrot* sagt Sherlock Holmes: »Gregson ist der intelligenteste Mann von Scotland Yard; er und Lestrade sind die Einäugigen unter all den Blinden dort.«

Seite 10
». . . und pflegte mein verwundetes Bein« – Hier läßt Watsons Gedächtnis ihn offenbar im Stich; in *Eine Studie in Scharlachrot* war es nämlich nicht sein Bein, sondern die Schulter, welche von einer Kugel aus einem Jezail, einem afghanischen Vorderlader, getroffen worden war. Der Leser, sofern er ein geneigter ist, wird jedoch auch dies dem Beaune oder Watsons Verwirrung über Holmes Kritik zugutehalten.

Seite 12
»Einfluß des Berufsstandes auf die Form der Hand« – Genauer äußert sich Holmes dazu in der Erzählung *Die Blutbuchen* in *Die Abenteuer des Sherlock Holmes* (Zürich: Haffmans 1984).

Seite 20
Die Andamanen sind eine Inselgruppe von 204 Inseln, die im Südosten der Bucht von Bengalen, an der alten Handelsroute zwischen Indien und Burma, liegen. Seit Mitte des 18. Jahrhunderts etablierten die Engländer auf den größeren von ihnen Strafkolonien. Die Urbevölkerung sieht allerdings ganz und gar nicht so aus, wie Watson deren einen Vertreter beschreibt.

Seite 24
»Winwood Reade« – engl. Schriftsteller (1838–1875). Seine rationalistische, auf historischen und ethnologischen Erkenntnissen basierende Streitschrift gegen das Christentum, *Martyrdom of Man*, war 1872 in London erschienen und rasch zu einem weltanschaulichen Bestseller geworden. Holmes schätzt ihn offenbar als einen Geistesverwandten, denn er zitiert ihn auch an anderer Stelle in diesem Buch (vgl. Kap. 10).

Seite 28
»Die Straßenlaternen den Strand entlang« – *The Strand*, eine große Straße, die parallel zur Themse verläuft, verbindet die City mit dem West End. Siehe die Karte von London im *Sherlock Holmes Handbuch* (Zürich: Haffmans 1988), S. 252/3.

Seite 30
»Surrey-Seite« – der Teil von London, der südlich der Themse liegt.
*Sahib* – Im kolonialen Indien und in Persien gebräuchliche, untertänigrespektvolle Anredeform mit der Bedeutung »Herr«, »Meister«.
*Khitmutgar* – indisches Wort für den Diener, dem die Bedienung bei Tisch obliegt.

Seite 32
»Huka« – Wasserpfeife.

Seite 34
»ein Anhänger der modernen französischen Schule«, zu der wohl Jean Baptiste Camille Corot (1796–1875) und Adolphe William Bouguereau (1825–1905) zu zählen sind, nicht aber der napolitanische Landschafts- und Schlachtenmaler Salvator Rosa (1615–1673).

Seite 40
*»Le mauvais goût mène au crime«* – Schlechter Geschmack führt zum Verbrechen. Thaddeus Sholto zitiert hier Stendhal (1783–1842), der wiederum den Baron de Mareste zitiert hatte.

Seite 42
»eine halbe Million Sterling« – Um einen Begriff von der Größe dieser Summe in jener Zeit zu vermitteln, seien hier zwei Vergleichszahlen genannt. Sherlock Holmes sagt in *Eine Frage der Identität*, er nehme an, daß eine alleinstehende Dame aus bürgerlichen Kreisen mit einem Jahreseinkommen von sechzig Pfund sehr gut auskommen könne, und in *Die Blutbuchen* erfährt man, daß der normale, angemessene Monatslohn einer Gouvernante etwa vier Pfund beträgt. (Beide Geschichten in *Die Abenteuer des Sherlock Holmes*)

Seite 44
»mit einem eigenartigen Klopfzeichen ...« – In der guten alten Zeit, als die Postboten noch bis zur Haustür kamen und es Bedienstete oder Ehefrauen gab, um ihnen zu öffnen, existierte in England ein spezielles, traditionelles Klopfzeichen, das den Postboten ankündigte: ein kurzes, zweifaches Klopfen, das später durch ein ebensolches Klingeln abgelöst wurde. Daher auch der Buch- bzw. Filmtitel *The Postman Always Rings Twice*.

Seite 45
»einen von Ihren Cross-Hieben« – Schlag, der über den abwehrenden Arm des Gegners auf dessen entgegengesetzte Körperhälfte führt.

Seite 58
*rigor mortis* – Leichenstarre
»Hippokratisches Lächeln« – so benannt nach dem griechischen Arzt Hippokrates (460–377 v. Chr.), von dem die ältesten uns überlieferten Aufzeichnungen über die Symptome verschiedener Krankheiten und Todesarten stammen.
*risus sardonicus* – krampfhaftes, starres Lächeln, wie es tatsächlich durch Strychnin-Vergiftungen hervorgerufen wird. Watsons Diagnose ist hervorragend.

Seite 61
*»Il n'y a pas des sots ...«* Sinngemäß etwa: »Die Narren mit etwas Verstand sind die schlimmsten Narren.« Holmes führt hier – mit einer kleinen grammatikalischen Freiheit, die einem Engländer beim Freihändigzitieren nachzusehen ist (das Original hat »point de sots«) – eine der Maximen von François de La Rochefoucauld (1613–1680) an.

Seite 64
»Wir sind gewohnt ...« – Holmes' Subtilität kennt freilich keine Grenzen: Er zitiert auf deutsch aus *Faust I*, und zwar die Szene im Studierzimmer, da Faust mit dem Pudel spricht, dessen Kern er erst später erkennt.

Seite 68
»Lurcher« – Kreuzung zwischen einem Collie und einem Windhund, eine Hunderasse, die hauptsächlich zur Jagd verwendet wurde.
»die Uhr vom Crystal Palace« – Gemeint ist das riesige Glashaus, das 1851 für die Weltausstellung im Hyde Park konstruiert und danach in Sydenham wiederaufgebaut wurde und wohl eine Uhr, aber keine Glocken hatte. Watson hat wahrscheinlich die Glocken der Blindenschule in Upper Norwood gehört.

Seite 70
». . . und halten Ausschau nach Blondin.« Eine Anspielung auf den französischen Akrobaten Charles Blondin, der 1855, 1859 und 1860 die Niagarafälle auf einem Seil überquerte.

Seite 71
»eine Martini-Kugel« – Kein Getränk oder dessen Folgen, sondern die Kugel für einen Typus von Gewehren, wie sie damals von der British Army verwendet wurden.

Seite 76
*tendo Achillis* – lateinisch für Achillessehne.

Seite 77
Jean Paul (Friedrich Richter, 1763–1825), der große unklassische Klassiker der deutschen Literatur, bei welchem tatsächlich Sonnenaufgänge und rosa Wölkchen zuhauf vorkommen, ohne daß es kitschig wird, wurde von Thomas Carlyle (1795–1881), dem englischen Historiker und Essayisten, der eine Vorliebe für die deutsche Literatur hatte, im englischen Sprachraum bekanntgemacht.

Seite 88
»drei *Bob* und 'n *Tanner* – Slang für drei Shilling und Sixpence.

Seite 89
Eine Guinee ist eine alte britische Goldmünze im Wert von 21 Shilling. Mehr über die englischen Zahlungsmittel in den Anmerkungen zu *Die Abenteuer des Sherlock Holmes*.

Seite 107
»Einer unserer größten Staatsmänner . . .« – Das hier von Holmes zitierte Bonmot wird dem liberalen Politiker und mehrmaligen Englischen Premierminister William Ewart Gladstone (1809–1898) zugeschrieben und lautet im Original: »A change of work is the best rest.«

Seite 109
»... in den Downs« – große Reede an der Südostküste Englands, südlich der Themsemündung.

Seite 120
»... in Dartmoor Entwässerungsgräben zu buddeln« – Small spielt hier auf eine Zukunft im Gefängnis von Dartmoor, jenem Hochmoor in Devon an, das später die Szenerie für den berühmtesten Sherlock-Holmes-Roman, *Der Hund der Baskervilles* (Zürich: Haffmans 1984), abgeben sollte.

Seite 129
»... daß ich den Shilling der Königin nahm.« Der Sold des gemeinen Soldaten betrug in jener Zeit einen Shilling pro Tag.
Die *Buffs* waren das 3. Infanterieregiment der Englischen Armee und wurden so genannt nach der Farbe der Aufschläge an ihren Uniformen, welche *buff*, d.h. gemsfarben oder lederbraun waren.

Seite 130
»Der Große Aufstand«, engl. *The Great Mutiny* (1857–58), war eine Rebellion der *Sepoys*, der indischen Soldaten in Diensten der britisch-indischen Armee, gegen die britische Fremdherrschaft. Auslöser dieser Rebellion war die Mißachtung religiöser Tabus durch die Armeeführung, welche angefangen hatte, Munition in Papierhülsen, die mit einer Mischung aus Schweine- und Rinderfett eingefettet waren, auszugeben, welche von den Soldaten vor Gebrauch aufgebissen werden mußten, was sowohl die Hindus, denen die Kühe heilig sind, als auch die Moslems, für die das Schwein ein unreines Tier ist, vor den Kopf stoßen mußte. Weitere Gründe für den Aufstand waren ein tiefes Unbehagen in der ganzen indischen Bevölkerung über die rasch fortschreitende Verwestlichung Indiens (Einführung von Eisenbahn und Telegraph) sowie Gerüchte über den bevorstehenden Einsatz indischer Truppen in Übersee.
Die britisch-indischen Truppen bestanden damals aus drei separaten Heeren, den Armeen von Bengalen, von Madras und von Bombay, welches die drei historisch gewachsenen Zentren des britischen Kolonialreiches waren. Zur Zeit des Aufstandes dienten insgesamt 38000 Europäer und 348000 *Sepoys*. Lediglich die Armee von Bengalen war von der Rebellion betroffen, die im März 1857 in Meerut ausbrach, dann von einer Garnison auf die andere übersprang und in mehreren Städten, so z.B. dem im Text erwähnten Kanpur, zu grauenhaften Massakern an der europäischen Zivilbevölkerung führte.

Seite 131
*Nullah* – anglo-indisch für »Schlucht, Flußbett, Tal«.

Seite 132
Die Sikhs sind eine indische, monotheistische Glaubensgemeinschaft, welche im 15. Jahrhundert von Nanak begründet wurde und sowohl hinduistische als auch moslemische Elemente in sich aufgenommen hat. Ende des 17. Jahrhunderts gaben sich die Sikhs eine militärische Ordnung, um den Glaubensverfolgungen des moslemischen Mogulreiches in Indien nicht länger schutzlos ausgeliefert zu sein. Dank dieser Organisation gelang es ihnen, das nach dem Zusammenbruch des Mogulreiches Ende des 18. Jh. entstandene Machtvakuum zu nutzen und die Herrschaft im Punjab zu übernehmen. Das Sikh-Reich im Punjab unter Ranjit Singh dauerte beinahe vierzig Jahre und genoß die Protektion der Engländer. Nach Ranjit Singhs Tod (1839) zerfiel es jedoch rasch, und die Instabilität und Wirren der folgenden Jahre, die durch Nachfolgekämpfe geprägt waren, führten schließlich zum Einmarsch britischer Truppen im Punjab, deren Sieg in der Schlacht von Chilian Wallah (1849) die Eingliederung des Punjab in das britisch-indische Kolonialreich zur Folge hatte. Die vielfache enge Verknüpfung zwischen der Sikh-Religion und dem Gebiet des Punjab ist wohl der Grund dafür, daß Small in seiner Erzählung die Begriffe »Sikhs« und »Punjabis« zur Bezeichnung seiner Gefährten synonym benutzt. Beim Großen Aufstand verhielten sich die Sikhs den Briten gegenüber loyal.
Acres – 1 *acre* = 4046,8 m².

Seite 134
*Bhang* – Urdu-Wort für Indischen Hanf, Haschisch.

Seite 136
*Feringhee* – indisches Wort zur Bezeichnung von Europäern. Es besteht, wie die ähnlich lautenden Wörter im Arabischen (faranji) und Persischen (farangi), aus einer Version des Wortstammes »Frank-« (Franken) und einem ursprünglich arabischen Suffix, das die Bedeutung »ethnische Zugehörigkeit« hat.

Seite 137
»... mit dem Reich der *Company*« – Gemeint ist die English East India Company, eine Handelsgesellschaft, die 1600 gegründet und mit königlichem Privileg ausgestattet worden war, ursprünglich mit dem Ziel, England einen Anteil am lukrativen Gewürzhandel mit Indien zu sichern, der damals ein Monopol Spaniens und Portugals war. Anfänglich war die Politik der *Company* die, in Kalkutta, Madras und Bombay Siedlungen zu gründen und diese Handelsstützpunkte an der Küste durch Bündnisse mit den lokalen Machthabern abzusichern. Als im Laufe des 18. Jahrhunderts

die starke zentralistische Macht des Mogulreiches sich aufzulösen begann und die Rivalität mit der französischen ostindischen Kompanie sich verstärkte, wurde diese Politik jedoch immer mehr eine der Expansion und militärischen Eroberung des ganzen Subkontinents. Die *Company* wurde mehr und mehr Trägerin – oder Strohmann – des englischen Imperialismus in Indien, und Kalkutta, Madras und Bombay entwickelten sich zu Zentren der administrativen und militärischen Macht im Reich der *Company*. 1858, als Konsequenz aus dem Großen Aufstand, wurde der *Company* die Regierungsgewalt über Indien offiziell entzogen und ging an die Krone über, wo sie de facto schon lange lag, und 1877 ließ sich Königin Victoria als Kaiserin von Indien proklamieren.

Seite 143
»Wilson« – Brigadegeneral Archdale Wilson, 1803–1874, kommandierte zur Zeit des Aufstands die Bengalische Artillerie.
»Sir Colin« – Colin Campbell, 1792–1863, wurde für seine Leistung bei der Niederwerfung des Aufstandes geadelt.
»Nana Sahib« – geboren 1820 als Dandhu Panth, war Sohn eines Mahrattenherrschers. Als ihm die Thronfolge von den Briten verwehrt wurde, schwang er sich zu einem der Führer des Aufstandes auf. Bei der Belagerung von Kanpur versprach er den sich heroisch wehrenden Europäern freies Geleit, falls sie kapitulierten, doch als sie sich einschiffen wollten, ließ er sie massakrieren.

Seite 152
»Paschtun« – ein Angehöriger der Urbevölkerung Afghanistans.

Seite 157
»die Zeilen des alten Goethe« – Einmal mehr zitiert Holmes deutsch, diesmal aus den *Xenien*, Goethes Gemeinschaftswerk mit Schiller. Stirnrunzelnden Oberlehrern sowie vorschnell triumphierenden Schülern sei versichert, daß die etwas zweifelhafte Deklination von »Mensch« nicht auf Goethes und wohl auch nicht auf Holmes', sondern vermutlich auf Watsons Konto geht.

L. G.

**SIR ARTHUR CONAN DOYLE**, geboren am 22.5.1859 in Edinburgh, gestorben am 7.7.1930 in Crowborough/Sussex; promovierter Dr. med., geadelter Sir Arthur; Schöpfer der unsterblichen Dioskuren Sherlock Holmes und Dr. Watson.
Sämtliche Sherlock-Holmes-Geschichten und -Romane in 9 Bänden im Haffmans Verlag: *Eine Studie in Scharlachrot* (Romane 1. Deutsch von Gisbert Haefs, 1984) – *Das Zeichen der Vier* (Romane 2. Deutsch von Leslie Giger, 1988) – *Der Hund der Baskervilles* (Romane 3. Deutsch von Gisbert Haefs, 1984) – *Das Tal der Angst* (Romane 4. Deutsch von Hans Wolf, 1986) – *Die Abenteuer des Sherlock Holmes* (Erzählungen I. Deutsch von Gisbert Haefs, 1984) – *Die Memoiren des Sherlock Holmes* (Erzählungen 2. Deutsch von Nikolaus Stingl, 1985) – *Die Rückkehr des Sherlock Holmes* (Erzählungen 3. Deutsch von Werner Schmitz, 1985) – *Seine Abschiedsvorstellung* (Erzählungen 4. Deutsch von Leslie Giger, 1988) – *Sherlock Holmes´ Buch der Fälle* (Erzählungen 5. Deutsch von Hans Wolf, 1987) – Außerdem das *Sherlock-Holmes-Handbuch* (herausgegeben von Zeus Weinstein). Alle Bände neu ediert, neu übersetzt, mit Anmerkungen versehen, in der Baskerville gesetzt, schön gedruckt und elegant ausgestattet.

## SIR ARTHUR CONAN DOYLE
## SHERLOCK HOLMES
## WERKAUSGABE IN NEUN EINZELBÄNDEN NACH DEN ERSTAUSGABEN NEU UND GETREU ÜBERSETZT

**EINE STUDIE IN SCHARLACHROT**
Romane Bd. I.
Aus dem Englischen von Gisbert Haefs

**DAS ZEICHEN DER VIER**
Romane Bd. II.
Deutsch von Leslie Giger

**DER HUND DER BASKERVILLES**
Romane Bd. III.
Deutsch von Gisbert Haefs

**DAS TAL DER ANGST**
Romane Bd. IV.
Deutsch von Hans Wolf

**DIE ABENTEUER DES SHERLOCK HOLMES**
Erzählungen Bd. I.
Deutsch von Gisbert Haefs

**DIE MEMOIREN DES SHERLOCK HOLMES**
Erzählungen Bd. II.
Deutsch von Nikolaus Stingl

**DIE RÜCKKEHR DES SHERLOCK HOLMES**
Erzählungen Bd. III.
Deutsch von Werner Schmitz

**SEINE ABSCHIEDSVORSTELLUNG**
Erzählungen Bd. IV.
Deutsch von Leslie Giger

**SHERLOCK HOLMES' BUCH DER FÄLLE**
Erzählungen Bd. V.
Deutsch von Hans Wolf

sowie

**SHERLOCK-HOLMES-HANDBUCH**
Conan-Doyle-Chronik. Die Plots aller Stories. Who-is-who in Sherlock Holmes.
Holmes-Illustrationen. Holmes-Verfilmungen. Karten, Fotos etc.
Herausgegeben von Zeus Weinstein.

AMBROSE BIERCE
WERKE IN 4 BÄNDEN
HERAUSGEGEBEN VON
GISBERT HAEFS

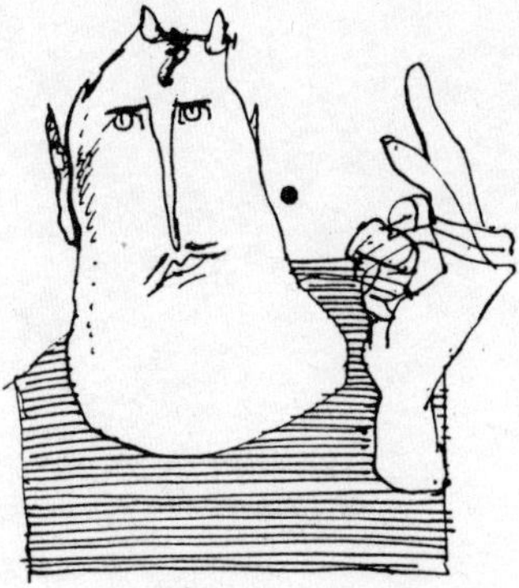

Band 1
**DES TEUFELS WÖRTERBUCH**
Deutsch von Gisbert Haefs

Band 2
**GESCHICHTEN AUS DEM BÜRGERKRIEG**
Deutsch von Jan Wellem van Diekmes

Band 3
**HORRORGESCHICHTEN**
Deutsch von Gisbert Haefs

Band 4
**LÜGENGESCHICHTEN UND FANTASTISCHE FABELN**
Deutsch von Viola Eigenberz
und Trautchen Neetix

# G. K. CHESTERTON

Alle Geschichten um Father Brown
in 5 Bänden
Neu übersetzt und herausgegeben von
Hanswilhelm Haefs

I

## FATHER BROWNs EINFALT

*(The Innocence of Father Brown, 1911)*

II

## FATHER BROWNs WEISHEIT

*(The Wisdom of Father Brown, 1914)*

III

## FATHER BROWNs UNGLÄUBIGKEIT

*(The Incredulity of Father Brown, 1926)*

IV

## FATHER BROWNs GEHEIMNIS

*(The Secret of Father Brown, 1927)*

V

## FATHER BROWNs SKANDALE

*(The Scandal of Father Brown, 1929)*

Jeder Band enthält einen Anhang mit Anmerkungen; der erste Band bringt eine biographische Skizze; der letzte einen bibliographischen Anhang. Alle Einband- und Titelzeichnungen von Tatjana Hauptmann.